うたかたを永遠《とわ》に

石松登美子

文芸社

三隅川《みくまがわ》に掛かる夜明大橋はダムへの入口。満々たる水の流れは一見、淀みと見紛うばかり。『方丈記』冒頭の一節を思い起こさせる。

目次

うたかたを永遠《とわ》に

「おはよう、永大《ながひろ》君元気？　私は大丈夫よ。今から出ます」

時計は九時を回っていた。高速道路を使わずとも一時間もあれば久留米へ行き着けるだろう。受話器を置くと忘れ物がないか、もう一度部屋を見まわした。六時半に起床、何時ものように入浴後、バスローブをまとったまま、寝室のブラインドを上げ、ベッドメークも済ませているので、今更する事はない。

歳の所為とは思いたくないが、ゆっくりと時間をかけ、旅行の準備から身仕度の物まで前日に用意していたので気持ちに余裕はあった。エアコンとテレビのプラグをコンセントから抜き、デスクから携帯電話をホルダーごと持ってくると、ベッドサイドのテーブルに置かれた旅行鞄の中へ入れる。黒の七十センチ方形のテーブルは、一人暮らしの私がテレビを見ながら食事をする時のものだが、前日からは、旅行に必要な物のみを置くようにしていた。

黒地にベージュの象柄がプリントされた対《つい》の旅行鞄を手にすると、何も残る筈のないテーブルの上に、一冊の本が現れた。先程まで、身仕度のものから最後に鞄に入れるものまでが、雑然と置かれていたテーブルだったが、考えると不思議なほど方形のテーブルの真中に、いとも整然とその形態をさらしている。

　昨夜、寝付けないまま思い出した事から、本棚より取り出し、拾い読みをしていた本だった。もう少し読んでみたい気が動き鞄に入れようかと、暫く見つめていたが、思い直し、本を片隅に寄せただけで部屋を出る。

　残像に、何か見覚えがあるような気がしたものの、特に執着もせず、車に乗り込んで出発した。〈執着しなかった残像に何を連想したのだろう〉リモコンで、シャッターを閉めるまでは、何となく思い出そうとしたが、ハンドル操作を始めるとすぐに忘れてしまった。

「西の山」の坂を下ると、国道三八六号線に出るが、そこ迄は車で約一分。すぐ前には、別荘建築中の一年余り、名古屋から出張して来られる設計士さんが泊まられる度に、私達と語らいつつ食事をした夜明《よあけ》温泉がある。

　国道に面したパーキング・エリアと、三隈川の間にある二階建ての外観、一階のレ

大分県日田市にある著者自宅。アメリカのリンダルシーダーホームズ（平面図＝著者）。南側から撮影したもので、北側の庭には野外ステージと80人くらい座れるベンチがある。春には石垣につつじが色をそえる。

北側からの撮影。南の方向に五条殿《ごじょうどん》・渡神岳・釈迦岳の連山を望む。『風土記』に出てくる日田の群《こおり》の久津媛《ひさつひめ》やガランドヤ古墳などの遺跡が多い。

ストランの中、すべてが当時というより、そこを知った時のままの様子をとどめている。

　別荘の完成後一年足らずで夫を亡くしてからは、楽しかったあの一時《ひととき》を思い出すのさえ辛く、中へ入るのを頑なに拒む気持ちが強かったが、昨秋、所用があって一度訪れた際、妙に郷愁の念にも似た思いが忘れ難く、時には友人との食事の場に選ぶようにもなった。

　あの時と同じ窓辺のテーブルに着くと、回を重ねても、ふと、どこからか笑顔の夫が向かいの席へ現れるのが、ごく自然にすら思えてくる。寸時で覚める夢でも、今はいとしい。

　現象の繰り返し《リピート》に、寸分違えぬものを願うのは、窓の下に、当時と全く同じように見える三隈川の広い川幅、満々と湛えられた流れの水に、寸時も変わらぬものを求めるようなものだ。

　鴨長明の『方丈記』の冒頭の一節。

「ゆく河の流れは絶えずして、しかも、もとの水にあらず」

日田の郷《さと》に住みついてから四年の間、我が身を振り返り、亦、この地の歴史の変遷を顧みる度に甦らせていたが、端的に人生の事象を言い現していると思う。これは恐らく、我が命果てる迄、繰り返し感じ入る事だろう。

地階には浴室があるため、一階レストランの窓辺といっても、川岸との間の木立ちは眼下に見下ろせ、梢の狭間から洩れる漣が放つ陽の輝きは、時に、刃《やいば》の如く胸に突き刺さる。「人間は感情の動物」という。心、躍動している時の狭間のきらめきは、両掌で掬いあげたい宝石のように見えるのかも知れない。

流れの下手に近い夜明大橋をくぐれば、夜明ダムに入るこの辺りは、切り岸に密生する常緑樹の濃い緑を、深々と水に落とし幽《かす》かな漣を浮かべて沈黙する様子《さま》は、一見淀みと見紛《まご》うものがある。

「淀《よど》みに浮かぶうたかたは、かつ消えかつ結びて、久しくとどまりたる例《ためし》なし」

仏門に帰依《きえ》した長明ですら、それも、六十歳の声を聞く頃になって漸く到達した心境で見る風物の描写は、単なる文章の解釈が容易であっても、作者の心底に秘められた抑圧の蓄積されたものまでを、重ね合わせて鑑賞しなければ、真の理解を得る事は難しい。

言うならば、一幅《いっぷく》の絵のように見える眼前の風景を、絵筆での描写を試みようとする時、老若男女、それぞれの人生経験は素《もと》より、生活環境、絵画の素養、心身の情態等、例え、それが同一人物が描いても、それぞれの状況の違いは、絵筆での表現を異なったものにするに等しいといえよう。

『方丈記』の冒頭は、短い文章ながら私自身が十代の頃に接した時と、半世紀も後の現在とでは、奥にひそむ心情を、染み染みと実感、肯定できる違いは大きい。

肺癌の闘病四十日で、夫が身罷《みまか》った後は、悲哀の極地で翻弄された私でも、四年の歳月の風化は、心の鋭い痛みの角《かど》をとってくれた。

木立ちの狭間から洩れ放つきらめきを、宝石の輝きとは受けられない迄も、もう、刃を連想する事は、ないだろう。淀みの漣を見て、ベートーヴェンの第九の四楽章

「歓喜の歌」が口遊《くちすさ》めなくても、間違っても第三の二楽章「葬送行進曲」ではない筈だ。

「世の中にある、人と栖《すみか》と、またかくの如し」

そう思って嘆いた事もあったが、残る人生の作り直し《リメーク》を志したからには、決して戻れはしない「過去」と、果敢《はか》ない「現在」を思い悩むより、同じ繰り返しのない「今」を大切に生きる努力と「今」を持てる感謝で過ごそう。

思いを払拭しようとテープのスイッチを押しかけたが、〈ままよ。今日はミュージックなしで走ろう〉その決意を待っていたかのように頭の片隅に縋りついていたものが本流に戻り、うごめき始める。

人の思考は、過去を繰り返し逆もどり《リピートリプレイ》させるのに「時」は、さほど必要としない。それぞれの当時を、思考で活性化《リニューアル》させて感じ入るのはこれも年齢が成せるものなのか——。このところ、何を見ても未来と希望の思考が影をひそめ、常に突出してくるのは過去ばかりというのは我ながら気になるところだが、ものの数分もせずに三八六号線に別れを告げ左手の赤い鉄橋「夜明大橋《よあけ》」を渡り、二一〇号線を右折する。

この道に入れば、あとは久留米迄は迷う事もない一本道。私の思考と果てしない連想の本流には、ダムも堰もない。時と場処を得ると縦横にタイムスリップさせるのは、脳裏へのストレッチ体操と心得ている、と自らを正当化する如く労わったところで、忽ち突出してきたのは、つい先程、ベッドルームを出る時の残像だった。

前夜に読んだ本が多分に影響を及ぼしたのだろう。日田の浄明寺河原刑場跡に残されている磔《はりつけ》処刑台を連想したものだった。

同人誌『日田文学』の印刷所、三光堂さん（代表、大蔵哲也氏＝江戸後期の農学者大蔵永常の末裔）の母君《ははぎみ》から処刑台の話を聞いて、日田に残されている歴史の真実の一端に触れてみたいと、その場所を訪ねたのは、半年も前の事だった。

その一つは、義民穴井六郎右衛門の墓所がある竜川《りゅうせん》寺の鐘楼脇に置かれていた斬殺

処刑台である。元々は、浄明寺河原で刑罰に使用されていたものと語り継がれている
それは、人が正座できるほどの円型石の台座で、縁《ふち》には処刑側の、せめての心遣りか、
蓮の文様が彫られている。三光堂さんの御父君《ごふくん》の幼少時には、浄明寺河原に据えられ
て、その石台の後方には、一本の木が立っていたと伺った。

武士の刑罰では「打ち首の刑」といって、目隠しも縄も付けられる事はないが、庶
民の刑罰には、目隠しの上、後ろ手に縛り、それを後方の木に括《くく》りつけて前へ傾けた
首を斬る「縛り首の刑」が行われていた。

武士の名誉を保てる刑死は「切腹」として知られているが、罰の重さで「打ち首」
「縛り首」更に「磔《はりつけ》の刑」というのもあった。

十字架の上で屠《ほふ》られたイエス・キリストは手足を太い釘で打ち留められ、三日三晩
「磔」にされて息絶えた後、復活するが、考えてみるだけで痛く、苦しいものだ。

日田に於いての「縛り首の刑」は、明治四年二月に行われた「竹槍一揆」による罪
での五名が最後であったらしいが、通常そういった死罪の時は「竹矢来《たけやらい》」（竹を粗く編

んだ囲いをして罪人を助け出そうとする者が入れないようにする）にて公開し、民衆への見せしめとしていた。

延享三年（一七四六年）十二月、直訴の罪で「縛り首」となった穴井六郎右衛門と二男要助、組頭飯田惣二郎。同じく「縛り首」で首を斬られた「竹槍一揆」の求来里《くくり》の喜平《きへい》他四名は、百二十数年の時をおいて浄明寺河原刑場の竹矢来の中の蓮華石台上で一命を落とす。

重罪人とされた者の首は、更に見せしめのため「晒《さら》し首」にされる惨い刑罰は、聞くだけでも身の毛がよだつものだ。

東京には、有名な戸塚の刑場跡が在るのを知っていたが、長年の東京住まいの間、只の一度も、その地を訪ねてゆこうとは、夢にも思う事はなかったが、日田の郷《さと》へ住みついてどうした事だろう。浄明寺河原に今も残されている「磔の処刑台」までわざわざ出向いていったのだから、日頃恐《こわ》がり屋の私にしては珍しく、ともいえようが、これひとえに、日田への飽く無き探究心が成させた業《わざ》と思いたい。

しかし、その報いとして、テーブルと本との残像から「磔処刑台」を連想させられる破目となった。それも、楽しかるべき旅行の前にである。だが、どうにも連想の流れを止める術を知らず、私の頭の中では、残像を写実的《リアル》な描写に活性化《リニューアル》させてゆく。

それは、庄手川に架けられた浄明寺橋の東側の住宅街に埋もれるようにして在った。刑が行われていた江戸時代頃は、広い河原であったらしいが、現在はブロック塀に囲まれた十坪余りの場処でしかない。入口に、義民穴井六郎右衛門の碑、奥まった所には数基の墓石が在り、その間の僅かな空地に磔の台石がそれより一囲り大きなブロックの上に置かれている。確かに一辺が七十センチ余りの正方形、厚さ三十センチ程の石の中央に、約二十センチ正角の穴が下の台まで抜けていた。当時は直接地面に据えられ、穴に立てられた柱は罪人が暴れても動かぬように地中に打ち込まれていたのであろう。処刑を受ける者は、石台に十文字に組まれた柱の前に両手を横に広げた立ち姿で、手足を縄で縛られ、両側に立つ役人に槍で突かれる処刑のシーンは、昔の時代劇映画では大概、あわやという時、助け人が竹矢来の中へ乱入して救い出される設定

磔の刑の処刑台。

縛り首の刑の処刑台。

になっていた。

事実は、罪人は勿論、念仏を唱えながら見る人、仕置人、すべてが恐ろしい思いがしたであろう。風雨に晒された処刑石は、不思議な事に、強いて自分に思い込ませようとしたのか、特におぞましい気がせず、物体として観察の目を凝らさせた。

石の表面は十センチ程の縁から中央の穴に向かって僅かばかりの傾斜がある。成程。処刑後に流れる血が全側面を汚す事のない工夫が施されている。一人で熱心に観察を続けながら、しきりに〈これは、恐いものだよ。何人もの血を吸っているのだよ。ほら、恐いだろう〉と自分で、そう納得させようと促してはみたが、カメラに収め、その場を立ち去る迄、歴史の真実に触れた意識の方が勝っていた。

残像で「磔処刑台」の中央の穴の役をした一冊の本は、『日本古典文学大系』三十一巻（岩波書店）の、『保元《ほうげん》物語』であった。

昨夜は、夕食をとる迄には旅行の準備を終えていた宵のつれづれが、日田の皿山や月出山岳《かんとうだけ》に残される源為義の第八子、八郎為朝の、語り伝えに興味が呼び起こされ本

為朝と家来の鬼田興三《おんたのこうぞう》が滞在したといわれる小鹿田《おんた》には現在、国の重要無形文化財「小鹿田焼」の窯元10戸がギィーゴトン、ギィーゴトンと唐臼ののどかな音を響かせている。

を取り出してきた。この為朝は、十三で父の為義に追われ、筑紫へ下った後の三年で九国を討ち従えたが、六年後の十八歳の時都へ呼び戻された。

二条天皇の近臣藤原信頼と結んだ父為義に従って、保元の合戦で活躍をするが、破れて伊豆大嶋へ流されたのが二十九歳。古今よりこの為朝ほどの弓の名手、血気の勇者なしと諸人《もろびと》が申しはやした——とか、確《たし》か、『保元物語』（一一五六年）に出ていたぞ、と記憶の糸が引きずりだしたたのだ。

伊豆大嶋の領主は鹿野介茂光《かののすけもちみつ》であったが、為朝は、流人の身ながら、「我こそは、清和天皇（九代前）の血をひくものぞ、八幡太郎義家の孫なり（実は曾孫）この地は、公家より給わりたる領なり」と公言し、代官の三郎大夫忠重の入り婿になって、大嶋ばかりか五嶋を自分の領地として租税を取り上げた。

その後、磯遊びをしている時に、白鷺と青鷺が連れだって沖の方へ飛んでゆくのを見て「鷺は遠くへ飛ぶ事は出来ない筈だ。きっと近くに嶋があるだろう」と言うなり、はや舟で追いかけて行く。

月の光を頼りに漕ぎ進めるうち、明け方近くになって漸く嶋に辿り着くが、舟を寄せる事も出来ない荒磯で波も高い。為朝は、九州にて舟の調練をしていたので、小川が流れ出ている所を見つけ、そこへ舟を損傷させる事なく着けてみると、身のたけ一丈余り、髪ふり乱し、身体は毛で覆われて黒い牛の如き形相をした多くの者が、刀を右に差して出てくる。

単に恐ろしいなどと、いうものではない。話す言葉も聞いた事のないものだが、大かたを推しはかってみるに――。

「日本《やまと》の人は、ここに嶋があるのを知らないから、わざわざは来ないはずだ。風に吹き寄せられたのだろう。昔から大風に遇って、この嶋に来た者は生きて帰る事が出来ない。荒磯だから、自《おの》づから舟は浪に打ち砕かれる。この嶋には舟もなければ、食物もない。忽ち命が尽き果てる。もし舟があるなら、食物がなくならないうちに早く日本に帰れ」と言った。

郎等《けらい》達は皆、青くなって考え込んだが、為朝は、少しも騒がず「磯に舟を置いていれば波に打ち砕かれる。高く引きあげよ」と命令して舟を相当の上まで引き上げさせた。

さて、為朝が嶋を巡りまわってみると、田も、畠も、菓子《くだもの》も、絹綿もない。嶋の大男に「汝ら、何をもって食事とする」と、問えば「魚、鳥」と、答えた。

「網を引く人も見えないし、釣りをする舟もない。又、槍投げも、弓矢も引かずに如何にして魚や鳥を捕《と》るのか」と、聞いてみれば、「我らは、果報《しあわせ》だ。魚は、自然に打ち寄せられるのを拾い取り、鳥は、穴を掘って、一人が中へ入って鳴き声を真似て呼べば、その声に釣られて多くの鳥が飛び入る。すかさず外で待つ人が穴の口をふさいだ後、中の者が闇雲《やみくも》につかまえるのだ」と言う。そう言われて見れば、確かに鳥穴が多い。その鳥の大きさはヒヨドリほどである。

為朝は、これを見て、件《くだん》の大鏑《かぶら》（為朝が愛用していたもので矢の先にカブの形にふくらんだ物が付けられ、その先はカリマタになっている）で木にとまっている鳥を射《い》落とし、空を飛んでいるのを射殺《いころ》して見せると、嶋の者達は、舌を巻いて怖《お》じ気《け》恐《おそ》れた。

「汝らも、我に従わないと、かくの如く射殺すぞ」

為朝が威《おど》すと、嶋の一同は、ひれ伏して腰くだけになってしまった。

嶋の者達が着ている物は、大巾の布で、この布を家々より持ち出して来て、貢ぎ物

として為朝の前に積み上げた。嶋の名を問うと、

「鬼が嶋」

「そうすれば、汝らは、鬼の子孫か」

「その通り」

「では、伝え聞く宝物《たから》があれば、取り出して見せよ」

「昔、鬼神であった時は確かに、かくれみの・かくれがさ・うかびぐつ・しずみぐつ・劔等という宝物があった。その頃は、舟がなくても、うかびぐつで他国へ渡って食べる為のいけにえも、つかまえて来た。今は運がつきて宝物も無くなり、姿も人になって他国に行く事も出来ない」

「そうならば、嶋の名を改めよ」

為朝は、嶋に太い葦が多く生えているので「葦嶋」と名付け、この嶋と合わせて七嶋《とう》を支配する事とした。これを八丈嶋《はちじょう》の「わきしま」と定めて年貢を運ぶように申し付けると、舟が無いので、どうすればよいかと嘆く。そこで、為朝は、毎年一度舟を

寄こす事を約束し、今回、嶋へ来た印《しるし》として、嶋の大男を一人、供にして大嶋へ連れ帰って去《い》った。

大嶋の者は、為朝の振舞が余りにも荒々しかったので、龍神達に囚《とら》われて食べられてしまったのだろうと思い喜んでいるところに、無事で帰って来たばかりか、その上、見るも恐ろしい鬼人を供にしてきたものだから、国の人は、ますます怖じ気づいてしまった。

為朝は、この鬼人の様相を人に見せようとして、特に用もないのに伊豆の国府（役所）へ何時《いつ》も使いに行かせていた。その為に、国の人は「鬼神の嶋へ渡って鬼を囚えて家来とし、国の人を喰い殺させるつもりだ」と言って、大変に恐れあったので、為朝は尚一層の増長心を募らせていくのであった。

「おごれるもの、ひさしからず」。この格言、『保元物語』で見出したが、為朝も例外なく大嶋での悪業の数々が、後白河院の聞こし召す事となってしまう。伊豆諸嶋の領地を奪われていた鹿野介茂光をはじめとする軍勢が、院宣を受けて為朝の大嶋の館へ押し寄せ、自害に追いこむのである。この時、為朝は、九歳になる嫡子の為頼を刺し殺し、これを見た妻が、五歳の男子と二歳になる女子を抱いて俯《うつぶ》すのを非情にも斬り殺している。

この件《くだ》りを読んだ時、浄明寺河原の処刑台を、他山の石の感情で観察できた私の心情でも、母の切なさ、幼な子の哀れさに、この上ない胸の痛さを覚えた。

為朝が、十三から十八歳まで九州で暴れまわった時期は、我が家の系図を紐解《ひもと》いてみると、日田を治め臣民に慕われ亦相撲《すもう》が強かった事から日田神社に祭られている永季（号鬼太夫、一一〇四年＝長治元年卒）から二代後の左近衛少将永平（号五郎太夫、一一五七年＝保元二年卒）の頃であった。それと知った私は、タイムスリップして、その頃の日田の郷をかくれみのを着てうかびぐつを穿いて眺めてみたいと思い楽しんだのは、極く自然の成りゆきといえよう。

只今、二〇〇〇年の大晦日。正月前の日本列島民族大移動も昨日迄には、それぞれの目的地に到着して郷里や旅先で落ち着いている事だろう。あの大渋滞を逃れたくて、年末年始の雲仙行きを、大晦日に出発して正月二日に帰るようにしてから、もう七、八年にはなるだろう。旅行期間は二日短縮されたが、お陰で今も頭の中の犇めく思考が助けられて、順調に車は走る。

一夜明ければ二十一世紀、車を何処へ走らせようと、戦いの火の手を見る事はない。血が流される事もない。だが焼き討ちの火の手が上がり赤い血が流れないまでも、現政権の永田町は大晦日も正月もなく、次期総理のポストを狙う数条の燻る黒煙と、見えない刀の鞘当てが激しいだろう。気にしてみたところで、私にはどうする事も出来ない。今の私に気になるのは十日も前に治療を終えた歯の染みる痛さだけ。

治療半ばで四年余りも放置していた歯が、ポロポロと欠け始めたのは二ヶ月ばかり前であった。夫が待つであろうあの世とやらに旅立つには、少々間もありそう。本来、自らが起こす痛みは極限までの我慢が出来るが、事、他人から与えられる痛みについては、例え予防注射如きものですら、それなりの覚悟を要する身には大いなる決断ではあったが、二十一世紀を迎えるに当たり、〈気持ちの若返りの為にも白く美しい歯並びにするか〉と、以前治療を受けていた小倉の歯科医院へ、泊まりがけの診療を受ける事にした。人に言えば「何もホテル迄とって遠くへ行かずとも、近くで出来るだろう」と笑われるかも知れないが、そう簡単に済まされないものがある。

十指に余る歯が、かつて、どう治療されたかを知っている歯医者さんに診てもらうに超した事はない――とは、大義名分。こればかりは、初診の先生を前にして、ひたすら堪え忍ぶ事など出来る筈もなく、かといって、相応の弁《わきま》えを持つ人を演じる自信は、更々ないのが本音である。

ともあれ、四年前までは、週末を自然の中で過ごそうと、小石原の山越えを、助手席で音楽に耳を傾ける夫と往復した道を懐かしむ気も手伝って、ハンドルを持つ事にした。電車で行く所要時間の三時間余りに比べれば、ガレージからガレージ迄に山越えがあるとはいえ、二時間もかからずに行ける便利さもよかった。

歯医者さんとホテルに予約を入れ、二、三泊の旅仕度を整えると、歳月をかけ過ぎた感は否めないが、決意した事を健気《けなげ》に自らで誉め、その初陣のハンドルを持って勇躍ガレージを出発したのは、十一月に入り、「日田の底霧」が一際《ひときわ》濃くなった早朝であった。

——二〇〇〇年十二月十九日　第九の夕べ——

フロントで、そのポスターを目にしたのは二度目の山越えをして来た時の事だ。相当な覚悟をして始めた歯の治療の痛さは、案に違えぬものだった。久しぶりの小倉で、あれやこれやと懐かしい食事を楽しみにしていた私は、かつては行きつけの〝よし竹〟寿司店で、辛うじて口にしたのが雑炊だけという、常時の疼痛をともなっていた。しかし治療台で痛みと戦うのは終わった。後はピリピリと染みる痛さと、抜歯の跡が癒えるのを待って、義歯の調整をするのみと思う解放感が、フロントの周りに目をやる心の余裕を持たせてくれた。〈あぁ第九、懐かしいなー〉様々な思いが去来する。迷う事なく、フロントでS席のチケットを購入し、当日のシングル・ルームを予約する。

当然の事ながら、帰路につく前の治療の時は、次回の予約を演奏会当日にした。此の日ばかりは処置の間、前日と異なって、借りて来た猫のように大人しいものだった――筈。

師走に入ると、例年にない厳しい寒波到来で最高血圧が二〇〇アップする日が続き、加えて、治療を終えた歯の染みが一向に治まらず、食事も満足にとれない日が続いた。息子が、幼児の頃から恒例にしていた年末年始にかけての雲仙旅行も、気分が勝れないまま今年は止めようと心に定め、息子にもその旨を連絡した。

次の日、クリスマス・ディナーの準備をしてやって来た息子夫婦は、一歳七ヶ月になる孫の永大《ながひろ》と戯れる私に「パパの誕生日（一月一日）を祝ってあげるのでしょう」。さすが息子は、私の弱点をよく知っている。時間をかけて決意した筈のものが、一瞬で弾けたシャボン玉のように消え去った。繰り返し「日田まで送り迎えをする」と言ってはくれたが、私にとっては、その方が心に負担が残る思いがしたので、久留米までの往復は、自分で運転してゆく主張をしての今日の朝立ちだった。

ガラすきの道路は、五十分で息子のマンション前に近づいた。二階のテラスを見上げると、時間を見計らっていたのか、息子が永大を抱いて手を振っている。建物の反対側に車を回すと、二人とも玄関から出て来て手を振る。車を駐車場に停めて降り立つと、もう二人は傍へ来ていた。つい一週間前、一緒にクリスマスをしたので、永大は私を覚えていたのだろう、息子の腕の中でキャッキャッと笑って歓迎の表現をしてくれる。

「案外早く着いたね。体調は？」息子の問いに答えながら、ひと先ず休憩の為に玄関を入ったところで、前に立った永大に「こんにちは」と、おじぎをしてみせる。私の顔を暫く見つめていたが、次の瞬間踵《きびす》を返しミッキーとミニーの人形を両手首へ差し込んでニコニコ笑いながら出て来た。

一歳七ヶ月の記憶力に乾杯！　挨拶の言葉を教えようとしてクリスマス・プレゼントの一つに選んで、人形を操作して見せたのを覚えていたのだ。リビングのソファーに腰を下ろすと、おもちゃのピアノを持って来て、私の指を鍵盤に押しつける。人形が飛び出て童謡のメロディを奏でるのを知らせようとしている。幾つかの人形のメロディの違いも、次々に教えてくれる。

ママの紀子さんが「お気に入りのおもちゃですよ」と言いながらコーヒーを差し出す。永大は本気になって関心を示す私に、推し量れば理解出来る言葉で、沢山のおもちゃを一つ一つぴったり寄り添いながら説明してゆく。息子には「ババ、バカ」といわれようが、初孫で、一人暮らしの私には、この上ない可愛さだ。一頻り遊んで、いえ遊んでもらったところで、私の車（チョコレート色のワーゲンジェッタ）から息子の車（ダークグリーンのランドローバー）に荷物を積みかえて雲仙へと出発する。

何時もなら、ベビーシートの永大をあやすのが楽しみな私だが、遊び疲れているに違いない、諫早迄の一時間余りは眠らせようと思い、前席の二人へ話しかけた。

「十九日に、第九の演奏会へ行った事は話したわね。あの後、テレビで見た朝比奈隆の第九は感動したわ。九十二歳で、第九の指揮は二五十回目ですって。今年は一番から九番迄の全曲の棒を振ったそうよ。指揮台へ上がるまでの足取りは、確かに年相応に見えたけど、一旦、棒を構えた後の毅然たる姿、往年の名指揮者カラヤンを偲ばすものがあったわ。

小倉で聴いた時は、指揮者の舟を漕ぐような仕種が気になって、目を閉じて聴いた所為かしら、思い出に浸っていたといった方が強かったわね。

日比谷公会堂で、第九を最初に聴いたのは兄とだったわ。オーケストラは当時、日本交響楽団、通称、「日響」といって今の「N響」（NHK交響楽団）の事よ。

パパと初デートの第九も、日比谷公会堂正面入口の、高い階段を二人で上って行ったわね。今のような立派な会場がなかったから、大抵の音楽会は日比谷公会堂で催されたし、藤原歌劇団のオペラだって、そこで観たものよ。

演奏会場で聴く時のパパは、聴き入る程に指が動き、次いで、手首、ついに腕まで動き出すのがとても気になって、時には、そっとその手を押さえた事もあったわ。でも、今回は、何時の間にか自分が同じ仕種で指を動かしてリズムをとっているのよ。お隣に迷惑かけるといけないから、膝の上に掛けたコートの下でね」

紀子さんと息子が相次いで言葉を返してきた。

「ベートーヴェンの第九交響曲を、特に十二月に演奏するのは、日本だけですって?」

「不思議な現象だね。年の瀬になると、やたら『歓喜の歌』が響き渡るのは。パパにしても、忘年会の締め括りには必ず歌っていたらしいね」

「確かに、私の若い頃から、師走に第九はつきものだったわ。でも、ヨーロッパでは、かなり前から年末年始にかけて演奏され、最近では、アメリカにもその傾向が見られるといわれているのよ。第四楽章で歌われる詩は、ドイツの詩人フリードリヒ・シラー（一七五九—一八〇五）がフランス革命直前に書いた『歓喜に寄す』に、ベートーヴェンが一七九三年に楽想を得て、第九の初演（一八二四年五月七日、五十四歳）迄に三十年余りもかけた訳よね。という事は、一番の初演（一八〇〇年四月二日、三十歳）より七年も前から、彼の頭の中には、第九の作曲スケッチが芽生えていたのね」

すかさず、息子が冷やかす。

「貴女が、ひとつ事にしか集中出来ない、それも三ヶ月が限度とは大違いだね」

「私の場合は、年齢の所為もあるけど、情況に応じての飽くなき探求の成せる業ですよ。とにかく、世紀をかけて完成させた曲だからこそ、新年を迎える前奏曲としての意味があるのだと思うわ。それに第四楽章の始まりは、何度聴いても身体中がゾクゾクするわ。次いで出てくるのが『苦悩を通して歓喜に到れ』のテーマを表現するように、一・二・三、各楽章初めの旋律が、出ては打ち消され、次第に歓喜の旋律が、力強く鮮明になってゆくところ、まさに、ドラマチックね。それから一気にテーマが完

著者宅１階のリビングルーム。春と秋は窓外は濃霧に包まれるが、陽が昇ればたちまち霧散する。

成するのでなく、またも強い騒音があってから、バリトンのソロが払拭するように歌い上げる『おお友よ、このような調べでなく、もっと心地よい、もっと喜びに満ちたものを歌おうではないか』この言葉、今最も聴かせたいのは永田町の人達だけど、新年への期待として、これ以上のものはないわ。

知ってるかな？　この部分だけは、ベートーヴェンのオリジナルよ。これが出てくると、初めて、聴いている私達はゾクゾク感から抜け出て、荘厳な気持ちで曲に身を委ねてゆけるのね。続いて歌い上げられてゆくシラーの詩は、貴方達の結婚の宴で、私がスピーチに引用したわね」

ベビーシートの永大は、何時もなら隣の席の私が、あやすように話すのを喜んで、自分からも窓の外を指差しては、異国語？　で「きれいな花畑ね」とか「あのお山高いね」「海がキラキラしてる」そう語りかけているかのような言葉を発するのに、自分を無視して、前席の二人とだけ話す私に諦めたのか、大人しく眠りこんでしまった。少々、喋り過ぎに疲れを覚えた私も、座席に深く身を凭せかけて目を瞑り、第九交響曲の尽きせぬ思いに、のめりこんでいった。


息子の結婚式は、平成十年五月二十四日。夫への強い思いから我が山荘にてホテル日航福岡の総料理長を始めとする十数名のスタッフのご協力によって行なわれた。その日の私のスピーチは、夫が結婚前の私に初めてのプレゼントに添えられたメッセージの言葉から始められた。

「苦悩を通して歓喜に到れ　この言葉を　信ずる事が出来ますか

私は　信ずる事が出来ます
貴女の微笑が　恰《あたか》も天使の如く輝けば
貴女の生命も　永久に輝かしきものとなるでしょう
そう　私は信ずる事が出来るのです
いつわらぬ　心に生きて清々し　きみがまことを　日々につづらめ」

私は、このカードを受け取ってからの人生が「苦悩を通して歓喜に到れ」をテーマとするようになった。しかし、この言葉の持つ意味は、『方丈記』の冒頭の件りと同じように、当初は言葉としての解釈に過ぎなかった。私の生来が、進むべき道を選び、自らが選んだからには、困難が生じても途中で諦めて、後悔を残す事のない最大の努力をしただけだと思う。

この年齢になって、歩んで来た道を振り返ってみると、当時は一難去って亦一難と思った苦悩が、すべて「災い転じて福となす」の結果になったような気にさえなってくる。勿論、自分一人の力で、その結果が生み出せた筈はなく、難事の前で戸惑う時、めげそうになった時、その度に、頼るべき指針を夫が与えてくれた支えがあったからこそ、成し得られた事だ。

指針の一つに「『吉凶は糾《あざな》える縄の如し』善い事と悪い事は糾う二本の紐のようなものだ。善い事も悪い事も、何時までも続くものではない。物事を悪く捉えると自分が苦しむ、善い方に考えれば、何時も心穏やかに過ごせる」

私に諭す時の穏やかな顔は今も蘇るが、昨夜読んだ『保元物語』の中に、この例えが出ていたのを見た時は、少なからず心ときめいた。夫は、二つ違いの姉と共に、父親から、それ等の説教を聞かされる時、口実をつけては逃げ出していたと、後になって姉から聞かされたが、私に諭す穏やかな顔の下に、当時の父親の面影を彷彿とさせていたのだろう。正《まさ》しく「語り伝え」の一編だ。

あの日のスピーチには、第九の四楽章で歌われるシラーの詩から引用したものもあ

著者宅のエントランスホール。窓から日田国際カントリークラブが望める。

った。

「友の中の友になる難事に成功した人
貞淑な女性を自分のものに成し得た人
ともに歓声を挙げよ」

ベートーヴェンが、高らかに歌わせている前者の「友の中の友」後者の「貞淑な女性」この二者を持てる事は、歓喜を挙げるほどの難事なのであろう。近年、離婚の数が大変多くなったと報じられているが、多分、前席の二人には、その心配をさせられる事は、ないだろう。

あれから二年七ヶ月。目を開けると、隣の席には孫がいる。ハンドルを持つ息子。一瞬、三十数年間が空白になった錯覚が走った。

元旦が誕生日の夫を祝う雲仙観光ホテルへの旅行は、息子が、丁度今の孫と同じ歳の頃から恒例として始められたものだった。

八月には、私の誕生日に合わせた年二回の雲仙行きは、運転を趣味としていた若い頃は、道すがらの観光も兼ねた心待ちをする旅行であった。沿道をほぼ観《み》尽くした頃に、高速道路が所要時間を八時間から三時間弱にしてくれたものの、ただひたすら高速道路を走って毎年二度同じ処に行く繰り返し《リピート》は、還暦を過ぎると、いささか辛さを感じるようになった。

息子が成人すると、めったに加わる事もなくなった雲仙ドライブ旅行を、止めたいと思った事もあった。だが夫は、昭和初期にスイス・シャレー式で建てられ近代日本名建築指定（平成十四年に有形文化財に指定）の木造三階建て構造が、大層のお気に入りで「運転が辛いならバスで行こう」と言って、日田の別荘が、一応の完成をみた年も雲仙旅行を止める事がなかった。
元旦のディナーは、支配人から頂く誕生祝いのシャンペン。毎年その時に流れる曲はドヴォルザークの『新世界』。この時、私の頭の中で歌うのは、第二楽章の主題に堀内敬三が作詞した『家路』。

遠き山に日は落ちて
星は空をちりばめぬ
きょうのわざをなしおえて
心軽くやすらえば
風はすずしこの夕べ
いざや楽しまどいせん
まどいせん

少なからず違和感を生じさせられた覚えがあるが、黒人霊歌につながりがあるとも言われている情趣あふれる美しい旋律は、現在の私には、この曲を聴く度に、「寂しさ」を、全く知らなかったあの時に、逆もどり《リプレイ》、活性化《リニューアル》させてくれる思い出深い曲となった。

そう。発つ日の昼食に欠かせないのが、ホテル特製のカレーライスとアイスクリーム。お土産に頂く朝摘みの大苺には、葉も花も付いていた。

締め括りが、ロビーで支配人御夫婦との写真。最後となったそれは、我が家の吹き抜けのコーナーの壁で、余命十ヶ月とも知らぬ夫は、何時も変わらぬ笑顔を見せている。

正月を、雲仙で迎える繰り返し《リピート》は、息子が更新《リニューアル》しだして三度目になるが、改造《リメーク》されたものが数々あるのは当然だ。とは思ってみても、少々心にひっかかるものがある。

雲仙観光ホテル最高の洋室は、昭和三十六年四月に、昭和天皇、皇后両陛下がお泊まりになった二〇五号室。正面玄関の真上になる部屋だが、数ヶ月も前から、予約で満室になる期間では、一人身になった今では、狭い個室にならざるを得ないのは、当然としよう。

だが、落ち着かないのがダイニングルームでの席である。あのホテルのメインテーブルは、正面から見て左側の奥で、席は、室内が見渡せるコーナーが上席となるので、夫の席としてきた。ところが、結婚した息子は、何のためらいもなく、自分の席としている。私にすすめる素振りすらも見せなかった。

頭の片隅に、封建時代の名残りをこびりつかせていた私が悪いのか、今回も、そうなるのだろうかと思うと、いささか気になってくる。まだ、武雄を過ぎたばかり。時間は、たっぷりとある。納得出来るか考えてみよう。

座り直して構えたら、何の事ない。答えはすぐに出た。結婚前の息子と来た時は、極く自然に私を上席に着かせていた。ホテルの支払いも私がした。

リメークは、息子が結婚した後から始まったのだ。旅行の費用は、全て息子が支払った。その上、祝いの屠蘇の膳で、微笑みながらお年玉と記した袋を差し出したではないか。あれは、意表を突かれた瞬間だった。礼を言って受け取るには、余りにも照れ臭い事だった。それ迄の、親子の立場が逆転したのを、思い知らされた時でもあった。とすれば、息子の上席は、今の世ならば、順当なのかも知れない。戸惑いと、照れ臭さから、すぐに手が出せない私を見て、息子は、からかう様に言った。

「いらないの？　じゃああげないよ」

正に親子逆転劇の幕開きである。

夫の席に、息子が堂々と腰掛けているので、そこへ、夫を彷彿とさせて感傷に浸る事は出来ないが、ロビーの一画で、新聞を読んでいる姿を始め、何時も、どこかに夫が居るような気配を感じている。ダイニングルームでは、自分が座す席がなくなったので、テーブルの傍に立って、親子逆転劇を笑いながら見ていたであろう。マザーコンプレックスの息子でない事をむしろ喜んで、全席を背にするあの位置を今年も受け入れる事にしよう。

前回の正月には、ホテルのベッドの上で、初めて〝ハイハイ〟の動作が出来るようになった永大も、今回は、私が追いかけられないくらい、ロビーを走り回るだろう。ロビーを始め、各所に置かれている調度品の殆んどが、昭和初期の開館当時のものだけに、永大が、その中を小走りして回る様子が、見えるが如く思い浮かんでくる。ホテルのダイニングルームの椅子は、数年前に新調された時、十六脚をリメークして、今我が家のリビングでリニューアルされている。

あのホテルのクラシックは、建物や調度品ばかりではない。四十年のキャリアを持つ支配人を始め、副支配人他、名前を覚えている顔なじみのベテラン従業員が迎えてくれるだけに、我が家の延長の気楽さと、必ずどこかに夫が居るような雰囲気を持つ得難い場処を残している。

今、私の隣で寝入っている永大が、夫や息子と同じ医者になって、同じリピートを、あのホテルでリニューアルするだろうか。見られないのは残念だが、私の経験を未来に合わせて、夫から息子へと明け渡されたダイニングルームの席へ永大が、堂々と座し、紀子ママへお年玉を渡すシーンを想像してみるのも、道程《のり》のあるドライブでは、充分に退屈しのぎをさせてくれる。

大晦日の高速道路はいずこも渋滞はなく、息子は快調に車を走らせる。紀子さんは、極く静かな女性で、助手席の我が夫が決して居眠りをしなかったように、彼女にもその様子は見られない。時折、息子のサインに応ずるのか、飲み物等を差し出している。

私は、といえば、一頻り喋った後も、一向に疲れをみせない脳裏を、制限時速のないままに可動させ続けている。最近、メディアでよく見聞きするカタカナ語にリで始まるのが多いと、常々思っていたが、ふと考えてみたら、今朝家を出てから厭きもせずフル稼動させていた事といえば、それそのものだった。

リピート、リプレイ、リメーク、リライト、リニューアル、リベンジ等々。テレビを見ていると、二、三年前まで耳にしなかった外来語が、流行語になったのか、やたら出てくる。因って私はメモ帳を用意した。そして、現代超特急電車に乗り遅れないように、朝日現代用語『知恵蔵』を頂いたままにしていた図書券で手に入れた。

作家の田中康夫氏が、長野県知事としての県議会で、「カタカナ語を使い過ぎる」と、物議をかもしているが、取り立ててめくじらを立てる事ではない。世間での風潮を認識出来るチャンスと感謝し、現代用語辞典をめくりめくって脳の活性化《リニューアル》に努めればよい。

余計な事かも知れないが、田中氏が、初登庁前に県庁に出向いて、意地悪ばあさんが障子の桟の埃を指でなすって見せるような行為が、更に反感をつのり報復《リベンジ》の火の手を上げさせる結果となった、と私は思っている。新境地に入らんとする時は、先ず、その境地の人心に受け入れられる配慮に最大級の努力を払わねばならないのに、それを怠ったのが、対立の回復を難しいものにしたようだ。

私の脳裏の本流は気が多い。支流が流れ込んでいるのを見ると、すぐに遡ろうとする。

カタカナ語の氾濫が、決して良い事と言うのではない。世間の風潮に目を逸らそうとするのは、頭脳の「砂時計」を活性化《リニューアル》させない怠け者だと、言いたかったのだ。

日々学び蓄積されゆく知識と努力は、刻々と落ちて下に積もる砂の粒子の砂時計。下へ落ちる道をふさげば蓄積も止まる。頭脳の砂時計も同様だ。しかし、如何に大きな砂時計でも、落ちる砂の量には限度がある。そこで、逆もどし《リプレイ》する力を加える事で、再活性化《リニューアル》されるのが、「砂時計の原理」だと思う。上下を逆もどしされてから落ちる砂は、新しい知識でもあり、亦、過去の出来事や蓄積された知識の再上映《リピート》でもある。

この原理、単純極まりないものだが、「単純なものは、複雑なものより、一層複雑」という。〝考える人〟は、過去のものを単に「逆もどし《リプレイ》」させるだけでなく「反復《リピート》」する時に「書き改め《リライト》」なり「改造《リメーク》」して「創造性《オリジナリティ》」を持たせた「活性化《リニューアル》」に頭脳を使うのである。それが、世間に受け入れられ、感動を呼び起こすものなら「情報伝達手《メディア》段」が、更に広く世間に喝采を生じさせてくれる。一見して単純と思える砂時計の原理も、現代社会が、拍手をもって迎え入れる構造の原理と同様だと思えば、実に複雑な要素を持つものと言えよう。

前述の事を、分かりやすい例で考えてみよう。ベートーヴェンが、三十年余りも構想を練って完成させた第九交響曲の楽譜が、そのままケースの中に飾られていたのでは、多くの人々に、何の感動も与える事は出来ない。

その楽譜を、世界中の音楽家が二世紀をかけて「繰り返し《リピート》」音として「活性化《リニューアル》」させたからこそ聴衆を感動させる名曲の評価が得られている。更に、「情報伝達手段《メディア》」に因って、尚一層その名を高らしめたと言える。

二〇〇〇年十二月に、九十二歳の朝比奈隆が大阪フィルハーモニー交響楽団の演奏で、二五十回目の第九の指揮をされたが、指揮者の年齢と、演奏回数の多さに加えて、曲想の豊かさに私が感激したのは当然として、この事を、ベートーヴェンの楽譜を、演奏者が音にしただけではないか、と言う人は、恐らく一人もいないだろう。

二五十回目の演奏者の中には、当初（関西交響楽団）の方は一人もなく、団員の中にはその子が継いだ方もおられるそうだ。指揮者が、総ての演奏に、同じ楽譜を使用したとしても、只の一度たりとて、全く同じ演奏を繰り返させた事はないと思う。何故ならば、九十二歳の指揮者は、年齢を重ね、回を重ねる毎に、人生にも音楽にも、経験の豊かさを加えさせているからである。

一八二四年五月七日、ケルントネル門劇場で、第九の初演がなされた時には、作曲家ベートーヴェンは、全く聴覚を失っていたという。従って、形だけの指揮をしていた彼には、第四楽章が終わった時の聴衆の大喝采に気付かず、アルトのソリスト、ウンゲルが、ベートーヴェンを客席の方へ向かせ、更なる喝采を受けさせたと、伝えられている。

シラーの詩を合唱させた第九交響曲の初演が、聴衆に感動を与えたのは想像に余りあるが、その演奏のテンポは、聴覚を失っている作曲者の思い通りであっても、各楽器の音の高低や曲想が、意図するものかを確かめる事は出来なかったであろう。

それは、朝比奈隆が二五十回もの第九の指揮をする度に、細部に渡って試行錯誤を重ね、或る時は、古今東西の名演奏に耳を傾け、亦或る時は、作曲者の時代背景や環境までも調べ、楽譜に目を落としては、それらを汲みとる努力を重ねながら、曲想づけていったと思う。

私が、『方丈記』の極く短い冒頭の件りに、拘りを持ち続ける理由があるとすれば、名曲に接した時と同様に、その感動は人生経験が加わるに比例して複雑且つ大きくなってゆくからである。これからも私は『方丈記』を始めとする古典文学と、クラシック音楽の中でもベートーヴェンの交響曲第九番に、拘りを持ち続ける事だろう。

過去の文化や、思い出を、繰り返し逆もどりさせてみるのも「今」を活性化させる為の糧《かて》として必要不可欠なものではないだろうか。

人気グループ「モーニング娘。」のプロデュースをするつんくさんが、すでに過去のものとなったビートルズの完全コピーをニューアルバムにした。

テレビで、一部だけ聴いたが、スタディオマジックを考慮に入れても実にそっくりの歌いぶりである。只の真似ではないかと言う人が居たら、人生に必要な〝遊び〟が出来ない侘びしい心の持ち主と思う。熱狂的に、ファンの心をつかんだビートルズも、その素晴らしさは過去の音声でしか聴かれなくなった。

今、今の人が歌ったら、今の人々に、新鮮なビートルズの響きとして受け入れられる。つまりは、ここにも「砂時計の原理」は生きているではないか。

ビートルズで思い出すのは、ジョン・レノンとオノ・ヨーコの出会いである。それは、ニューヨークでヨーコが開いたアート作品の会場であった。

作品の一つに、釘を打ちつけた板があり、誰でもが、好きな処に釘が打てるように槌が下げられてあった。その板の前に立ったジョンが、「私に釘を打たせてもらえますか？」と、ヨーコに声をかけたのが始まりだった。

ジョンは、凶弾に倒れたが、最近テレビのコマーシャルで、ヨーコとのキスシーンを見かけるようになった。その度に、私はヨーコのアート作品を思い出す。

一つは「永遠の時計」と題した作品で、既製の時計を秒針だけにしたものだ。二、三十年前に、東京の草月会館で彼女の作品展を見た時以来、反発を持ち続けていたが、最近になって、発想の意外性に敬意を表さねばならない事に気付いた。

過去に作られたもの、或いは自分だけで作り出したものは、それだけで止《と》まる事が多い。既成のものを、今の時代と人に興味を湧かさせる発想の転換をする事こそ、過去の音楽・文学・芸術、大胆に言えば、スポーツまでも不滅のものとし、一層の輝きや親しみを持てるものにリニューアルさせてゆくのだと思う。

人生も亦、自分が置かれた環境に即して、過去のリピートをリメーク、リライトしていく事こそが、第九の四楽章で歌われるその列に加わって走る事が出来るのを信じたい。

「兄弟たちよ、汝の道を
凱旋の英雄のように、よろこんで走れ」

私の右窓外に、青い広がりを見せていた大村湾も何時しか消え去ってしまったのは、諫早《いさはや》のインターが近づいた事を知らせている。

「もうすぐ諫早ね。お昼は、何処か定めてますか?」

「別に、定めてないよ」

「それでは、〝寿し万《すまん》〟にしましょうよ。貴方も何度か寄ったから道も分かるわね」

「あぁいいよ。そういえば、暫く寿司は食べていなかったな」

「あのお店に寄るようになって十数年にもなるかしら。パパのあらかぶの味噌汁と、私の蟹料理は、定番だったわ」

「魚は、好む方ではなかったのに、必ず、あらかぶの味噌汁を注文したのは面白いね。

パパが亡くなった後の暮れに寄った時、『今日、御主人は?』と聞かれて『仕事の都合で』なんて答えていたね」

「あの当時は、亡くなった事を言いたくなくて、その答えを何度かした事があったけど、言下に、貴方が打ち明けたから却って気が楽になったのは確かかね。去年は、雲仙観光ホテルのクリスマス・ディナーショーにパパと私が親しくしていたシャンソンの大村禮子さんを呼んで下さったので、貴方達より一足先にバスで行ったから〝寿し万〟には寄れなかったわ」

「折角今から行っても、店がなくなってたりして」

「それはないわ。去年バスセンターに停まった時、お店の看板が見えたので懐かしかったわ。二年ぶりに、孫まで連れて四人で行ったら驚くでしょうね」

〈大きな碗の中に、あらかぶが、姿のまま入った味噌汁から熱々の湯気が上っていた〉

それが、もうすぐ食べられると思うと、無性に嬉しくなってくる。何しろ、この一月半ばかりは、歯の治療や、その後の痛みで碌に食べる事が出来なかった。〈今日は、蒸し蟹と、お造りも注文しよう〉飢えた浅ましさから、歯の痛みが消えた思いこみまでしている。

快調に走って来た車は、諫早のインターを下り、総合運動公園から左折して駅方面へ向かう。

永大が寝込んでいてくれたお陰で、どうやら試行錯誤に結論も出た。起こすのは、〝寿し万〟の駐車場に着いてからにしよう。

「バス・ターミナルの近くだったね」

「そう、そこを右に入れば看板がすぐに見えるわ。駐車場は、突き当たりのホテルを右に曲がると左側にあるわ」

「看板、見あたらないなー。どこか移ったかな」

「そんな筈ないわ。あら、本当にないわね。お隣のケーキ屋さんで聞いて下さらない？　雲仙に登る前に、そこでケーキを買って行った事もあるわ」

車を左へ寄せて止めると、息子は車から降りて店の中へ入って行った——が、ものの一分もせずに運転席へ戻り、ポツリと呟くように告げた。

「一年前に亡くなったので、店を閉じたそうだよ」

私の頭の中で、大小沢山のシャボン玉が、音を立てて弾《はじ》けていった。

我が人生の現実の事象は「うたかたを永遠《とわ》に」とはならない事を思い知らされた時であり、そして何時でも、その気にさえなれば「砂時計の原理」を応用して楽しむ場処を、亦一つ、私が失った瞬間であった。

〈参考文献〉

『日本古典文学大系』三十一巻（岩波書店）より『古活字本　保元物語』

Enjoy

フラワーアレンジメント。
右下に「Enjoy　石松　秀」のメッセージカード。

それは、衝撃の瞬間だった。リラックスしていた私の全身に百万ボルトの電流が駆け巡った——、ようだった。

九月七日。福岡シティ劇場公演のミュージカル『ライオンキング』の開幕の歌が突如響き渡り、幕が上がる。

アフリカの広大なサバンナを映す舞台。

朝焼けの空に昇る太陽は、バックいっぱいに、パタパタとオレンジ色の円形扇が開かれてゆく。右袖に、カラフルな隈取りのマスクを着け、身の丈より長い杖を持ったヒヒの呪術師ラフィキが朗朗と歌っている。

「サークル・オブ・ライフ」生命の讃歌、と言っても動物王国の言葉（アフリカ語）では意味不明。

一見して、抽象的コスチュームのマントヒヒに男性をイメージしたが、実は、韓国ソウル出身女性歌手キムさんのボリュームある美しい歌声であった。聞くほどに魂をゆさぶり、意図するものを心に響かせ、感動で私の身体は震えた。

舞台中央に迫《せ》り出されたプライドロックは、王国のシンボル。その周りへ、次々と出て来るウォルト・ディズニー世界の動物達にも目を見張らされた。

ひときわ背の高いキリンは、役者が、長い首の付け根に顔を出すパペットの中で四つん這いになり、その手足に細長い足を着けて歩くさまは、本物と見紛うほどのリアルさだ。

太い四つ足それぞれに役者がスッポリ収まって、ノッシ、ノッシと歩く巨象。

精悍でスリムなヒョウは六本足。何故なら、下半身に役者の両足とパペットの後ろ足。前足は、臀部上にコスチュームを着た役者の上半身がすっくと出て、その手に持つ棒で操られている。だが、六本足のヒョウながら、スムーズな歩きは違和を感じさせない。

シマウマは、頭《かしら》を着けた前足の役者が、下半身のパペットを背負って出てきた。

ピョーン、ピョーンと飛び走るカモシカは、頭上と両手で、三頭を扱うアフリカ民族衣装の役者が数人。

メスライオンは木彫り頭を冠に、軽快に踊るダンシングチーム（註＝木彫り頭は正しくはカーボングラファイト）。

ハゲタカは、竹竿の先に紐で括りつけられブルン、ブルンと弧を画く。ふと気がつけば、一階のみならず二階席の通路でも、役者が歌いながらハゲタカを回し、客席と舞台を渾然一体化させている。

後に、巧みな博多弁で観客を爆笑の渦に巻き込んだイボイノシシとミーアキャットの愉快なコンビも、プライドロックへの行進に加わっていた。

ロック頂上に、ライオンの王ムファァサと王妃サラビが見事なライオンの木彫り頭を乗せて現れ、次いで呪術師ラフィキが、誕生した王子シンバ（このシーンではカーボングラファイト）を披露の為に抱いて出てくると、動物達の騒然たる歓喜は、コーラスのトーンを一段と上げ、私の感情もまた同調させる。

執事ザズのサイチョウは、下腹部に役者の左手が差し込まれ、その腕にがっしりと爪を立てて止まっている。オレンジ色の大きな嘴・目玉に感情を表現させる瞼・羽根、これ等は役者が右手に持つリモコンで、まるで生きているかのように歓呼の唱和に合わせ、高く羽撃いた。

メディアの報ずるところ、凡そ『ライオンキング』は、日本伝統芸術「人形浄瑠璃文楽」の影響を多分に受けたミュージカル、との認識を持って足を運んで来たが、プロローグから期待以上の感動は、私を完全に痺れさせた。

これ程エネルギッシュで斬新な演出・衣裳・マスク・人形デザインを手掛けたのは〈何者?〉との思いがふつふつと沸き上げてきた私は、幕間の休憩時間になると、早速ロビーの椅子に腰掛けてプログラムの中から「永遠の少女の勝利、ジュリー・ティモア『ライオンキング』への旅」と題した松島まり乃さん(シアタージャーナリスト)の記述を、夢中で貪り読んだ。

ジュリーは一九五二年、ボストン郊外の婦人科医の父と民主党運動員の母を持って生まれたという。

幼い頃より彫刻の教室に通い、また、児童劇団に入って爪先で恐怖を表現する練習等から彼女の想像力は広がり、更に多様な環境の友人と交わった事で異国文化に興味を持つようになった。

十六歳でパリ留学。一年間パントマイムを学んだ時、身体でキャラクターや感情表現、マスクの使い方を覚え、放課後には黒澤明等の映画に傾倒する。

帰国後、カレッジに籍を置きながらニューヨークの幾つかの小劇団に参加。その後、コロンビア大学で人類学を聴講したジュリーは、七〇年代のアメリカで盛んに行われていた実験演劇（小さな素材から参加者の創意工夫で物語や芝居を作り上げる演劇）の中に身を投じ、演出家ハーバート・ブラウの「表意」と呼ぶ「役の本質を表す動き」の訓練を受けた。

大学卒業後、奨学金を受けた彼女は、日本で文楽を学ぶつもりが、途中立ち寄ったインドネシアの民族文化に魅了され、数ヶ月でインドネシア語を覚え、多国籍劇団を主宰した。この時期に、庭の木でパペットやマスクを幼児より習った技を活かして製作したり、映画の手法を舞台に取り入れる手段を実験する。

一時帰国して、ニューヨーク大学で映画を学び、日本に短期滞在して「淡路の文楽」と「八王子車人形」を研修（註＝八王子車人形とは、箱車に腰掛けた演者が人形の踵を自分の爪先に連結させて舞台を自由に動き演じるものだが、これこそが『ライオンキング』のミーアキャットに活かされていた）。その後再びインドネシアに渡ると、足掛け四年もの間、表現方法を模索し続けた。

七八年、ニューヨークに戻った彼女の持つ大いなるエネルギーが、機会を得て発表される作品に向けられると、その斬新なアイデアは次第に注目を集めるようになり、ついに、誰もが至難と思っていた映画『ライオンキング』のミュージカル舞台化の演出を依頼された（以上は要約）。

一気に読み終えた私は、肩を落とし一息つくと目を上げた。人々で賑わうロビーが、五年前のあの時と少しも変わらぬ様子に、無意識の中に夫の姿を探し求めていた。

その行為が、単なる追憶に過ぎない事を充分に認めている私は、頭を軽く横に振り、プログラムで席を確保した上、売店でホットコーヒーを買い求め、熱過ぎるコーヒーを少しずつ飲みながら、ジュリーが幼い頃に受けた習い事に触発された感性を一途に育て続けた努力と歳月が、並々ならぬものであった事を染み染みと感じ入った。

恵まれた家庭にあっては、得てして送り迎え付きで親の方が熱心になりがちの習い事を彼女は、七歳から九歳までの毎日を、地下鉄で通っている。この熱意を持ってしても、自らが求めたものであって、決して親や他人から強制されたものではなかった。「育てる」とは、国語辞典に「しこんで一人前にする」と書かれていたが、彼女の半生を知るに及んで、これは自分以外の人から与えられるものでなく、自分の内なる感性によって、自らがひたすら追求し、完成への努力を惜しまない事こそ「育てる」の真実の姿だとの思いに至った。

開演五分前の予鈴が鳴り、人の流れはドアの中へ吸い込まれてゆく。飲み残しのコーヒーを始末すると、誘い合う人のない私も一人で席へ戻る。前の席で、若いカップルが、何か話し合っては楽し気に笑い声を立てている。右隣りの若い女性二人連れも、開演にはまだ間があるとみて頻りに話し込んでいる。

ふと、若さが持つ可能性を羨ましいと感じたが、例え今から六歳くらいに戻って人生を遣り直せるとしても、幼き頃のジュリーに与えられた環境が無い限り同様の長き道程と苦難の過程は決して辿りはしないだろう。

私自身に与えられた環境は、幸せな結婚こそ女にとっては最善とされた時代に生まれ育っている。新時代とはいえ、両立の成功は難しいものだ。その事からも仕事一途に生きる四十九歳の美しいジュリーが未婚であるのも頷けてくる。

私にとって、前の二席は特別の思いを残しているが、今その席に座る若い二人が結婚を選んだなら、これもまた、努力によって挫折させる事なく育て続けて欲しいと願わずには居れなかった。

本鈴が鳴り、更なる期待の中に後半の幕が開かれた。これもプログラムでの紹介であったが、一瞬にして移り変わる舞台展開やオーケストラとの連携が、舞台裏で活躍するコンピューターなしでは考えられない演出であるという。それは、表舞台で進行し展開されゆくすべてのものに、息を飲み、目を奪われていただけの私には、そこまでを考えてみるゆとりはなかった。

表舞台で、華々しくストーリーを展開させる俳優の中、ラフィキ呪術師とヤングシンバ以外は動物の頭《かしら》と合わせて二つの顔を見せている。

特に、ムファサ王と悪役の弟スカーが、電動作動の立派な頭を着けて行う演技では、木彫りの顔に表情が出る筈はないのに、俳優の熱演の台詞と表情が、恰も乗り移るが如き錯覚で、後半も、私は二つの顔を見入って楽しんだ。

ヤングシンバが、王位継承を我がものにすべく叔父スカーの企みによって、父王を死に至らしめた自責の念からサバンナをさまよい、ついには行き倒れたのだが、それを助けたイボイノシシと、ミーアキャットの動きに至っては、俳優とパペットの二体を、何時しか一体化させられる不思議な思いに浸らされる。

イボイノシシの、大きな牙と鼻を持つパペットの首下にすっくと出た前足。両耳の間からヌウーッと突き出た頭部は、俳優のものであるから、見た目にも、確かに一体化していると言っても過言ではない。

しかし、ミーアキャットのパペットは、二本足で立ち、踵を俳優の爪先に連結させ、両腕は、パペットの肘から手先に向けて差し込まれた操作棒で、後ろに立つ俳優によって動かされている。時に、俳優の右手はパペットの後頭部に入れられ、ミーアキャットに巧みな表情を与える。

これこそ、ジュリーが日本で研修した文楽の人形遣いの手法「出遣《でづか》い」である（通常、人形遣いは黒頭巾に黒衣で、左手遣いと足遣いの二人に、右手と面《おも》遣いを加えた三人で演じる）。「出遣い」では、一人で頭巾もつけずに寧《むし》ろ派手な衣裳で人形と芝居の山場を演じるのである。

人形の遣い手は、役柄の表情を自らと人形に合わせて演ずるので、観客は両方の動きを楽しませて貰える訳だが、ミーアキャット・ティモンこそ、この「出遣い」の手法が、アバンギャルド・ミュージカルにもかかわらず見事なまでに活かし使われている。

ジュリーが取り入れたのは、勿論、日本文化だけではない。彼女がインドネシアで物にした「影絵」「覗き絵」の技法が、サバンナより近付く、または遠ざかるシンバ親子を、ライオンの姿だけで見せてくれた時には、思わず〈ウワァー〉と、心の中で感嘆の声をあげた。

もう一度〈ソウ、ソウヨ〉と、納得の笑みがこぼれたのは、メスライオンの頭を冠にし、コスチュームを着けたダンシングチームが狩りをする場面であった。如何にも逞しいオスライオンが、獲物を仕留めてくるとばかり思っていた私の幼少の頃なら、むしろ〈オヤァ?〉と、首を傾げたかも知れない。

その他の場面でも、前衛的演出ながら、自然界の掟を決して曲げる事なくストーリーが展開してゆくさまは、開幕当初から次々と受けた圧倒的な迫力に中和剤となったのであろうか、えも言われぬ優しい充実感を漲らせて終幕を迎えた時、私の胸の中に、必ずもう一度『ライオンキング』を観に来ようとの思いが広がっていった。

そもそも『ライオンキング』が、ブロードウェイ・ミュージカルとしてかつてない前衛的な手法を取りながら、九八年度のトニー賞に於いて、ベストミュージカル作品賞・振付賞・装飾デザイン賞・照明デザイン賞、勿論、ジュリーの衣裳と演出の二部門を合わせ、六部門の受賞作品になっていた事に加え、時折り、テレビで垣間見せられるのに触発され、四月に福岡公演が始まるとすぐに、友人と三人で観劇の約束を交わしていた。

その以前には、テント公演での『キャッツ』に次いで、福岡シティ劇場が完成してからの『オペラ座の怪人』を、夫と二人で観終わった時に、私は「もう、この劇団の公演は観なくていいわ」の、感想を漏らしていたのを、決して忘れた訳ではなかった。

忘れもしない。あれは五年前の夏の盛りであった。

開演時間ぎりぎりにキャナルシティビルの駐車場に車を滑り込ませた私達は、コーナーだったその場所のナンバーだけを見届けて劇場へ足を運んだ。

二階S席A列の十七番、十八番は、中央の最前列で、私が十八の席に入った後、夫は通路際の十七に腰を下ろした覚えがある。

開演前に席へ着けた事で一安心した私達は、終演後に、思いもかけない事態に遭遇するのを知る由もなかった。ただただ期待に胸ふくらませて見入っていったが、それは敢えなく潰えてゆくのを否めなかった。

小説や映画等でミステリーを好む私は、かつての上京時、劇場前まで行きながら当日券がないままに見そこなった折角の『オペラ座の怪人』がストーリー・演出・舞台装置に加え、俳優の歌唱力にも期待外れだった事に気落ちし、駐車場へ下りるエレベーターの中で「もう、観なくていいわ」の感想を囁いた。

その言葉に、夫が、どう答えたかを覚えてはいない。胸の中で、どう反応したかも、今となっては知る手立てもない。

それから三ヶ月後の十月、肺癌の為に急逝した夫を偲ぶ姉の話の中で、クラシック・コンサートでは必ず同行する習わしがありながら、宝塚少女歌劇の誘いには、決して応ずる事がなかった夫の感性を知らされた。

多分、若い男性としての気恥ずかしさがあっての事と解釈も出来るが、もしかして、小学生の頃から、クラシック音楽愛好者であった彼の好みに合わないものだとしたら「もう観なくていい」の、私の言葉に胸をなで下ろしたかも知れない。

「宝塚歌劇の方が、すべての点で、まだ華があった」と、追い打ちまでした私は、近頃になって、当時の夫の本心を知りたいと思う事がある。

駐車場に入るなり、すぐのコーナーに車を止められ、番号も覚えていたので、金曜日の夜九時半終演、少し遅い夕食を楽しんでも、週末を過ごす別荘へは十二時過ぎには着く予定であった。

しかし、事は、そう思い通りスムーズには運ばなかった。

それなりに全力を尽くして演じたであろう劇団員に対して、心ない言葉を放った罰が当たったのだろう。

駐車した場所に、車がない。愕然とした私達は、それから一時間余りもあるはずの車を探しあぐね疲労困憊《ひろうこんばい》する報いを受けた。

自分なりの常識で、ビル内の駐車場は、頭の数字が階数を示すものだと単純に思い込んでいた上、キャナルシティの駐車場が八階まである事など全く念頭になかった。

時間は容赦なく回り、人影もなく、いよいよ心細くなってきた時、巡回する警備員の姿に小躍りする思いで走り寄った。

地獄で仏とは、この事とばかりに顔を緩ませ、入車した時の状況を話して見当をつけてもらい、その場所へ案内してもらう事が出来た。後にも先にも、漸くにして巡り合えた我が車に、あれほどの愛しさを覚えた事はない。

キャナルシティの駐車場では、番号の他に、各フロアによって違う柱の色も覚えておかねばならない事を教えられ、遅ればせながら銘記したのであった。

「夜明《よあけ》の里」へ移り住んで、何時しか五年の歳月を経ている。それは、時に早く、時に遅くも感じさせられた。

つらつら思いみるに、博多―別府間を往復する電車「湯布院の森号」で、夜明駅を通過した際、車掌さんから「この沿線で、最も美しい風景の地」と、紹介された話を、友人から聞かされた事があった。その清明な日田盆地の山並みは、常に私の目に語りかけ、一年を通して癒しの糧となってくれた。

高台にあって、今や終《つい》の一人住まいとなった家の窓から見すえる真夏の稲妻と、雷鳴の恐ろしさだけは心底有り難くないものだが、春の曙・晩秋の霧立ち・冬の夜明けの細雪、それぞれがかもし出すえも言われぬ情緒に身を委ね、時に任せて過ごす中に、少しずつ生きる力が、掻き立てられていった。

恐らく、もう観る事はないであろうと決め込んでいた劇団の『ライオンキング』の好評に、チケットを求めようと思い立ってはみたものの、会員資格の更新をしなかった事に加え、S席を三枚続きでとなると容易にはいかない。

公演は、ロングランになりながら、観劇の日を定められないままに、今年の夏も終わりに近づいた。

月が変われば九月一日。別荘として週末を夫と二人で過ごした最後の日となる。忘れようにも、鬱鬱《うつうつ》とした気でその頃を過ごす繰り返しを、今年こそ打破しようと思ったある日、自分に鞭打つような衝動にかられ、予約センターへ電話を入れる。

「二階S席を一枚お願いします。昼夜どちらでもかまいません。出来れば金曜日がよいのですけど、なるべく近日中のを探して頂けませんか」

「暫くお待ち下さい――。お待たせしました。御希望の席を調べましたら九月七日の金曜日、夜の部に、二階S席B列の十七番が一枚だけ残っています」

〈ラッキー!〉躍る胸を押さえ、代金は銀行口座より引き落としの出来るカードナンバーを伝えるだけで、チケットの送付を依頼する事が出来た。

私は無意識の中でも夫と最後に観た金曜日を選んでいた。そして、たった一枚だけ残っていた席とは、あの日に夫が席とした背後の場所だった。信じられないように、便利な通路側に残されていた一枚のチケット。何か因縁すら感じられた事から「天国よりのプレゼント」と思って、当日を大いに楽しもうと心に定めた。

〈しかし、待てよ。駐車場所を覚え間違えないとしても華やかなフィナーレの後、一人で夕食をするのは何としても侘びしいものよ。それに、真夜中の十二時過ぎ、運転して一人で帰ってくるのは殊更侘びしい。かと言って、観劇前の食事では義務的なものでしかない。大いに楽しもうと定めたからには――、そうだ、メンバーズになっているホテルN・Oから案内が来ていたレディースプランで一泊しよう〉

そう考えてくると、何となく迫りくる九月の暗雲を一気に突き抜けた気になってきた。

弾む心で、今度は携帯電話を手にすると、〇三を押した。因みに、一人住まいの私は、〇一を一一〇番、〇二は一一九番である。多忙でもない私が、携帯電話を持つようになったのには、ちょっとしたハプニングがあった。

三年も前になる夜の十時過ぎの事、来訪を告げるベルが鳴った。〈こんな夜中に誰だろう〉不審に思いつつ、インターホンで尋ねると、息子の声が返ってきた。どうした事かと、驚きながらも玄関のドアを開けると、息子夫婦が立っているではないか。

「何度電話しても通じないから電話局へ問い合わせたら『何処かの受話器が外れている』との事だったので、もしや、電話中に倒れたのではと心配になって来てみた」

「あら、その事なら私も電話が通じないので外の公衆電話で尋ねてみたのよ。家に帰って確かめたら、二階で取った電話の時に、うっかり、受話器を反対に置いていたのね。もう通じるようになっている筈よ」

「それは何時頃？」

「九時過ぎだったかしら。ほんの数分違いだったわね。心配かけてすみません」

「もしかしたらと二人で話している中、ついには葬式の手順まで考えていたよ」

この事件は、笑い話で終わったが、同じ事が起きた時の用心の為に、息子は、次の日曜日にやって来て、否が応でも携帯電話を契約した。

息子の早とちりも無理からぬ事、それより、一年ばかり前の午前三時。目を覚ますと初めて経験するひどい眩暈に、自分に死が近づいていると思った。夫の発病以来の心労から、高血圧になっているのを押して、遺産相続の書類を整え終え、ホッとしたその夜の事であった。意識はあるものの、嵐に翻弄される船にでも乗っているような感じに、当時はまだ独身だった息子へ「パパが迎えに来た」と、電話をした。その頃の私の体調を知っている息子は、久留米から、サイレンを止めた救急車の要請をした後、私が運ばれた病院へ駆け付けて来た騒ぎが尾を引いていたのである。

私の友人には、朝食の仕度を終えて寝室へ夫を起こしに行くと、三十分前には寝息を立てていた夫が既に息絶えていたと言われる例等や、私が電話中に倒れて「あの世行き」になるのも、一人身になった今では、案外、理想的な死に方ではないかと思う。

携帯電話を持った時、ちらりと切っ掛けを思い出す事もあるが、あれ以来は、幸い〇一は勿論、〇二にかける事もなく、専ら久留米の息子に通じる〇三で簡単な用件に利用している。

〇三を押して相手が出ると、早口で話した。

「こんにちは、紀子さん、今いいかしら。この前の日曜日に来て下さった時に〃難しい〃と話していた『ライオンキング』のチケット、九月七日の夜の部が予約出来たのよ。一枚だけなので私一人で行く事にしましたから、帰って来たら、そう伝えて下さいね。今日は金曜日だから帰りは遅いわね。永大《ながひろ》くんお昼寝ね。声が聞こえないから。二人によろしくね。あっ、もう一つ、その日はN・Oに泊まるつもりでいますって伝えておいて下さい」

一分間は無料サービス電話を使って用件を伝えた後は、単純にルンルン気分になっていた。

その気になりさえすれば自分だけで計画実行出来る気楽さは一人身故である。それに、元来、いざという時の決断力がある性格からきているのだろう。

〈いや、これはそう簡単にはゆかなかった。夫の急逝。楽しむはずだった山荘での侘び住まい。しかし、嘆いてみたとてどうなるものでもない。どうせ生かされているのだ。それならば、一人になったからこそ出来る事にチャレンジしよう〉

これ、自分流にアレンジした三段論法である。つまり、大前提・小前提・結論の三つの判断から到達した心境であった。無論、一年や二年で到達し得たものではなく、世に言う「日薬《ひぐすり》」である。


九月一日土曜日の夕刻六時半。二年ほど前から、奇数の土曜日には、日田にあるK医院へ診療に来る息子が、何時ものように立ち寄ってくれた。

「チケットとれたそうだね」

「一枚だけなら何とかなるものね。確かめもしないで諦めていたけど……。今年は運勢上、十年に一度巡ってくる幸運の年、と言われているからツキもあったのかも知れないわ」

私は、ほぼ一日かけて料理した「おふくろの味」を、次々と包みこんだり、一人では食べきれない到来物等を、持ち帰ってもらう用意をしながら上機嫌で話をする。

息子は、何時ものように、私の元気な様子を見る目的は数分もかからない事から、キッチンで立ったままの会話である。

帰りを急ぐ気持ちからか「コーヒー入れましょうか?」の、問いかけに応じた事もない。

前庭三百坪のガーデニングに夢中になり過ぎて痛めた私の脚は、キッチンでの立ち仕事が、十分と持たなかった時期があった。

それを押して、幾種類かの得意料理を用意しているのを見ると「無理をしなくていいよ」と、声をかけてくれていたが、だからといって止める私の性格ではない。

無理を押しての立ち仕事をしている中、痛みに耐えて続ける事がリハビリになったのか、はたまた、念入りのマッサージに通ったのが功を奏したのか、元々趣味でもあった料理の為には、何時しか数時間もの立ち仕事が出来るようになっていった。とは言うものの、最近の料理のレパートリーは、夫がいた頃に比べると、極端に狭められた事は自覚するところである。

まして、食欲旺盛な高校生の子と生活を共にしている頃には、私自身も若かった上、「おいしい」

「レストランのシェフになれる」

等の、誉め言葉に乗せられて、パンもケーキも手作りしたものだった。

喜んでもらえる相手もなく、一人暮らしが長くなるにつれ、めっきり、料理する楽しみから遠ざかってしまう。

悪い事に、近年の私の高血圧・高コレステロールは、料理の味に顕著な反映をもたらしている。

幼児がいる嫁の紀子さんからは「おいしかった」「助かります」等の言葉をもらえるが、大学院までの十年と、留学二年の間に、すっかり料理の腕を上げた息子からは、時に、手厳しい批評が返ってくる。

同じ手間がかかるにしても、量があってこそ美味しさも増す五目寿司すら、度重なると「もう、飽きたからいらないよ」の、反応。〈そうですか、そうですか。どんなに好きなものでも食べ続けると、ある日、突然アレルギー反応の湿疹が出るそうね〉心の中で言い放つ。

「小さい頃は可愛かったわ。『レストランの店を開いたら』なんて、言っていたのにねー」

「あの頃は、ほんものを知らな過ぎた」

臆面もなく言葉を返されると、まさに人生の立冬を思い知る。

これが、せめて三十代の私なら、〈必ず「美味しい」を、言わせてみよう〉と、頑張るところだが、身の程を知っている今は、決して無理はしない。

〈いいわよ。たまに招く客からは、目に美しく、食べて美味しいと誉めて頂いているのだから〉いじいじと、心で呟く。

〈いいともよ。男三十代。ズバリ、本音を言えるのは母親だけでしょうから。もし、それでストレス解消が出来るのなら、どうぞ、どうぞ〉開き直りも心の中。

それなりに、私も反撃に出て溜飲を下げる時もある。嫁の紀子さんにである。

「今、こちらを出ましたよ。また、しっかり文句つけられたわ。『いらないなら、その辺に捨てて行っていいわ』って言ったら、『久留米で捨てる』ですってよ」

「すみません。気楽に本音を出せるのは、お母さんだけでしょうから許して下さい。私は何時も助かっていますし、美味しく頂いています」

何回とは数えきれないほどの言葉の遣り取りも、裏を返せば、私に無理をさせない為の、息子の気遣いと解釈すれば、気にする事なく同じ繰り返しを懲りもせず重ねている。

しかし、こんな会話があった後の私は、必ず、痛哭《つうこく》の念に苛まれる取り返しのつかない思いに浸らされてゆく。

夫が、息を引きとった僅か数日前の事だった。

小康を得て、例え暫くでも夜明の別荘で静養してもらえるのを、希望的観測から疑わなかった私は、見舞いの病院通いを三日休んで、取りあえず夫に喜んでもらうべく、別荘の前庭の完成を急がせた。

その間の日曜日にやって来た息子は、キッチンに立って、ローストビーフをメインとしたフルコースを手際よく料理していった。

パン好きであるのを知る彼は、極端に食欲を落としている父親の為に得意のピザも焼いた。

作り終えると、九月十日、留学先の米国より土産に持ち帰った「ウェッジウッド」と、「クリストフル」で、一人分の食器を整え包みこんだ。

更に、メニューを変えた料理が出来上がっているのを指差した。

「これは、明日の分だから、貴女が持って行くとよい」

そう言い置き、夕食に間に合わせようと、慌ただしく車に乗り込み、福岡癌センターへと向かった。

どうした巡り合わせか、日頃は、風邪すらも寄せつけなかった夫が、夜明の別荘から帰った九月二日から後の一週間に身体の変調を訴えるようになる。

「入浴中に、喘息の発作を感じた」

その二日後。

「昼食後、散歩がてらに郵便局まで葉書を出しに行った帰り、胸苦しさを覚えた」

そして、九月十日、息子が帰国した同日、まるでその日を待っていたかのように、夫は入院した。

内科医であり、病院長をしていた夫は、責任感と生来の我慢強さから、その時点でのレントゲン写真は、既に、左肺全体が胸水に満たされ、真白になっていた。

胸水が抜かれた後に現れたのは、左肺の外側胸膜上部に出来た僅か小指の爪先ほどの腫瘍である。

四ヶ月前の五月検診時のレントゲン写真を入院先に持参し、数名の専門医に所見して頂いても、それには、若い頃の結核の痕跡以外は、何の異常も見られないと言う。実に信じられないような進行の早い悪性の癌であった。

「原発があるに違いない。しかし、それを捜し当てたとしても、現況の肺癌の場所が悪くて如何ともし難い。肺門に近い部分であれば、咳や、血痰等の症状で、初期の診断が可能であった筈だが余りにも場所が悪かった」

結核患者が、冒されている片肺を手術で摘出する話をよく耳にしていた私は、レントゲン写真を前にして説明する主治医に頼みこんだ。

「左肺を全部取り除いて私の肺と取り替えて下さい」

「それは無理です。胸膜ごとの手術は不可能ですから」

主治医となった中年の医師の説明は〈何時か、この日が来るかも知れない〉と、四十年近くも心の片隅で懸念し続けていた私の耳には、それを断固否定したい気持ちが遮るように、厚い壁の向こうから告げられるような響きを持っていた。

〈やっぱり！〉

数ヶ月前から気になっていた、あの噫《おくび》は、胃癌の手術後一年で亡くなった姑と同じに聞こえ、妙に気になってはいた。夕食後に、到来物の和菓子等を食べた後には、必ず胸焼けがすると言って、胃薬を服用していた。これも姑と同じだった。

「一度、休みをとって人間ドックに入って下さいよ」

そう勧めたのも、一度や二度ではなかったが、その度に、何時も同じ返事を聞かされた。

「そんな暇ないよ」

終生、病院長の依頼を受けていた夫は「病気で、入退院を繰り返す迷惑をかける事だけは絶対に避けたい。死して後止む」を信条としていた。亦、常勤四人の医師から度々、病での不在の辛苦を受けていた夫の常日頃から、その覚悟が痛いほどに推測されていた。に、しても、執拗な説得を繰り返さなかったのは、私の最大の過ちである。

「男」たるもの、日頃、非常に優しい反面、一旦決めた事には妙に強情な面を持っているものだ。

思い起こすと、息子の卒園式は勿論の事、小・中・高の卒業式にも、多忙を理由に、一度も列席した事がなかった夫である。

医学部の卒業式だけは最後だからと思った私は、通知が届いた日から二人での出席を諦める事なく頼みこんだ結果、前日になってやっと同意を得られての参列が出来た。

当日、卒業証書授与の後に、思いもかけず功労賞を受けた息子の姿は、嬉しく見届けたはずだ。

「よかったわね。仕事が忙しくても、休んだ甲斐があったでしょう?」

私の問いに、夫は晴れやかな笑顔を見せていた。

人間ドックにしても、もっと執拗な頼みを繰り返していれば、きっと私達二人は、後々までも笑顔で話し合ったであろう。

「よかったわね。胃癌の早期発見が出来て」と。

後悔の念二つ目も、私の心の傷となっている。

癌の告知について、夫に尋ねた時があった。その時「告知は、してほしくない」お互いに、その約束が交わされている事を主治医に話したが、聞き入れて貰えなかった。

「プロを誤魔化す事は出来ない」

それは確かであろう。夫もプロであるから必ず心の中では、癌である事を察知出来ても、「死」に繋がる宣告より「生」への希望に託したかったのではないかと思う。

医師として、患者が望むなら騙し通すのも、ある意味では高度の技術を要する治療だと思う。私も患者であれば、その方法を望みたい。

癌の告知に比べれば、余りにも些少な例かもしれないが、最近、私が急激な腹痛を起こした時、検査の為に下腹部へ内視鏡を入れる事を告げられた。

その検査が耐えがたき苦痛である事を、一人ならずの経験者から聞き及んでいた私は、恐怖感に戦《おのの》いた。それを察知した医師は、決して威圧的な態度をせず、ごく自然な笑顔を見せて言われた。

「心配いりませんよ。何にも分からない寝ている間にしてあげますよ」

私は、その笑顔を信じ、身を堅くする事もなく検査台につき、そして点滴が始められた。

〈腸の動きを止める液の中には、眠くなる薬も入っているのだろう。でも、全然変化はないぞ?〉

その中、明らかに検査が始まっているのが感じられた。

「先生! まだ意識はありますよ」

「大丈夫。心配いりませんよ」

〈いや、確かに内視鏡を入れだしたぞ〉

「先生! 本当にまだ眠くならないのです。歌でも唄いましょうか?」

先生は、笑いながら言われた。

「眠くならなくても心配いりませんよ」

その時、漸く騙された事に気付いたが、決して悪い気はしなかった。検査の技術が優れていたのは当然として、相当の苦痛を予想したのが、余りの呆気なさと短時間で終わったのは、その医師の、善意の騙しのテクニックであったのは間違いない。

お陰で、私は自分の腸の中の映像を実に面白く眺める機会を持つ事が出来た。

素人とプロの違い、治る病気と不治の病の違いはあるが、騙されているのが分かっていても暗黙の中に治療を委《ゆだ》ねられる心理は、必要不可欠のものと思う。

癌に限らず、治る病気は告知してこそ治療の効果を確かなものにするのは言うまでもないが、治る見込みのない病の告知は「死」の宣告に過ぎない。


人は「死」そのものより「死の予感」の方を恐れるそうだ。


夫の主治医は、騙す心の重みを避けたかったのか、考慮の余地も残さず、告知を急いだ。

結果は、多分に主治医は肩の荷を下ろせたであろう。しかし、主治医が立ち去った後、黙したまま宙を見つめていた寂寥感漂う夫の表情は、今も私の網膜に焼きついて離れない。

〈例え、信じてもらえないと思っても「騙し続けてほしい」事を懇願し続けるべきだった。すぐに諦めて阻止しなかった悔いは、悔やんで済まされるものではない〉

私の悔いは、まだ続く。

人間の正常細胞は、四二～四三度の熱に耐える事が出来るが、癌細胞は壊死すると言われている。

その理由として、正常細胞は温度が上がると血流が増え、細胞を冷却させる働きがあるのに反し、癌細胞は血流が少なくなる結果、温度が上がって、正常細胞が耐え得る四二～四三度で壊死するのだそうだ。

夫が元気でいた頃に、この事を知った私は、自分が万一癌に冒された時には、高熱の出るマラリアに感染する注射をしてもらおうと、気軽に考えた事もあった。

実際には、そう簡単なものでなく、温熱療法には、専門的にはＲＦＡ（経皮的ラジオ波焼灼《しょうしゃく》法）と言って、四五〇キロヘルツのラジオ波を出す電極を患部近くに入れ、周囲のイオン振動の摩擦熱で癌細胞を壊死させる等の方法があるようだが「治療法もなく、余命三ヶ月」の診断を下されたあの時なら、例え結果が良い方に出なくても試してもらうべきではなかったか。

後悔先に立たず。夫を生かす方法は、まだまだあったように思う。

元登山家の癌患者は、胃に次いで腎臓も摘出し、更に胆のう癌で余命三ヶ月と推測された。

彼は、どうせ限られた命を病院で過ごすより、妻と初めて出会ったヒマラヤに二人で登ろうと決意し、手術も受けずに退院。夫婦で訓練に励み、登山仲間と息も絶え絶えながらヒマラヤの頂上を極めた。

それから十六年。元気な姿を、つい最近のテレビが見せてくれた。

酸素欠乏に弱いとされる癌細胞が、それが薄い高山に登ったが為に死滅したのであろうか。

医学では、無謀ともいえる行動も、目的を持って活力を漲らせる強い精神力の前には、さしもの病魔も、たじろいだのかも知れない。

正しい判断は出来ないにしても、確かに奇跡は起きている。

「プロは誤魔化せない」は「プロだからこそ騙し通してほしかった」。

未だに、そう思い続けるのも、根拠があっての事だ。


夫が入院する二日前は、日曜日であった。

レントゲン技師が、日曜出勤をしているのを幸いに、胸部のレントゲンを撮ってもらった夫は、ただならぬ異常を知って、すぐさま私に電話で知らせて来た。

不吉な胸騒ぎを覚えた私は、受話器を置くなり、S先生の御自宅に電話を入れた。

S先生は、八幡厚生年金病院長を定年退職された後、夫が勤務する病院に、顧問として迎えられていた方で、元々は、九大医学部で胸部を専門とした教授であった。

事情を話した後に、私は、お願いをした。

「月曜日に御出勤になられたら、主人はレントゲン写真を診て頂くと思う。若い頃に結核をした跡が癌になる事があると聞いているので、明らかに癌が疑われても、決して告げないでほしい。多分、少量の胸水も抜きとって検査をしていると思われるが、その点でも御配慮頂きたい」

S先生は、私との約束を守られる為、医師としてのメンツも捨てて下さった。

「過労から、結核が再発したと推察される。この際、二、三ヶ月静養されるとよいでしょう」

この言葉は、何にも勝る心強い響きとして、夫には受け入れられたと思う。

その日、夕刻、最悪の体調にあっても二泊三日の日当直の責任を果たし、「暫く休みます」と言葉を残し、夫は二度と戻る事のない院長室を後にした。

引き継ぎを終えたデスクの引き出しの中には、自己の病理検査のデータの上に、古歌一首を書き記した一枚のメモ用紙を残している。

明日ありと思う心のあだ桜夜半《よわ》に嵐の吹かぬものかは

その道のプロである夫は、肺癌に冒された事を多分に察知したであろうが、よもや、前もって私からの依頼があったとは知る由もなく、信頼するS先生からのさり気ない診断の言葉には、一縷《いちる》の望みを託したであろう。

翌十日の火曜日、入院の準備を整えている私に、夫は、かなり楽観的な言葉をかけている。

「今日は、一応の検査だから入院の用意までしなくていいよ」

容態は、決して軽視出来るものではなく、幾つかの検査室を移動する中、ナースからも車椅子の使用を促されるまでになった。

昼食時に、病院に近いイタリア料理店へ行く為の車を、駐車場から出してくる寸時の間すら、夫を一人にするのが不安でタクシーで往復した。

どうにか、残さずに食べてくれた夫の好んだパスタ料理も、思えば、その病院にいる間は、幾度か運ぶ事が出来た。

人間ドックの予約があった特別室を、急遽都合をつけられて、夫がベッドに横たわった時、思わず泣き出した私には、

「泣くな。心配するな。私は大丈夫だから」

むしろ、私を慰める言葉をかけている。それというのも、S先生の診断を信じ「自分は癌ではない。必ずや再起がある」、この信念を抱こうとしたからこその言動であったろう。

正義感を重んじる主治医が、あからさまな告知をした事を知ったS先生と現病院長は、立腹された結果、残された治療に万全を期す為、福岡の癌センターに転院の手筈をとられた。

私が、その事を伝えた時、夫は静かな口調で言葉を返した。

「今の主治医が努力してくれているので、この病院から移らなくてよい」

この時、またしても私は取り返しのつかない過ちを犯してしまう。すべてを理解したからこそ決意した夫の気持ちに、何故添えなかったのだろう。

「S先生方が、協議の上、最善の方法を考えて下さっているのに反対は出来ないわ」

藁にも縋りたい心がさせたのか、この時に於いては、それまで不思議なほど働いていた私の予知能力は、夫の発病後には全く影をひそめ、周りの流れに身を任せる事しか考えつかなかった。

「応急処置をして、一度は、帰宅出来るようにしたい」

主治医が告げてくれた言葉も、私の心の中には、告知をした事での反感があってか、素直にはなれなかった。

サイレンを鳴らしながらひた走る救急車の中で、夫は急速に状態を悪化させていった。

私の救急車のサイレン恐怖症はこの時の後遺症に他ならない。

転院したその後を振り返る時、悪夢のように私の後悔は続く。

近くであったからこそ、夫の勤務先からは個人やグループでの毎日の見舞いが出来たが、救急車ですら、道に迷った辺鄙な癌センターとあっては、毎日とはゆかず、夫は口にこそ出さなかったが、多分に寂しい思いをしたであろう。

もっと悪い事に、癌センターでは、末期癌と診た患者に対しては、スタッフ一同が全快させる為の努力より、「死」を肯定した雰囲気を漂わせているのを、僻みもあってか否めなかった。

今にして思えば、例え私が望まぬ告知をしても、転院を知らされた主治医が、

「出来る限りの努力をしたいので、自分に任せてほしい」

そう言われて、懸命の姿勢を見せてくれたのに従うべきであった。

「天網恢恢　疎にして漏らさず」

人の努力を無視した私に、天罰が下った。極度のストレスによる不眠症は、常時の頭痛を伴う高血圧を発症させていた。

最高血圧二三五、最低血圧一〇四は、思考力を低下させ、癌センターへ通う車での往復途上は、毎回のように道に迷ってしまう。ある時には、帰り道を彷徨ったあげく山林の中で、高速道路がすぐ近くにあるのを見上げては〈クレーン車があれば引き上

げてもらえるのに〉本気で考えながら暗闇に落とすヘッドライトを見つめ、暫くは車を動かす事も出来なかった。

そのような日常にあっては、食欲を落としている夫の為に、好んでいたレーズンパンを焼く事など思いもつかず、更に悪い事に、息子が用意してくれた料理を持って行った時にも「パンは？」と、夫に言われている。

懺悔のつもりもあって、それを息子に話すと、「そんな事も出来ないの！」と、ひどく叱責を受けた。

前日には、持参した「ウエッジウッド」の美しい食器に、本来温かい料理は病院の電子レンジで温め、スープから一品ずつ息子が差し出すのを、夫は銀製の「クリストフル」を使って嬉しそうに全部食べたという。

今更、どう悔んでも取り返しのつかない私の失策であった。

最近の私の料理に、気楽に難癖をつける息子の言葉が誘い水になるのか、私の心の奥底に潜む炭疽菌の如き諸々の後悔が、堅い殻を破って暴れ出す。

心静めようと、仏壇の前に座る。

その引き出しの中に、一通の手紙のコピーが入っているのを如実に思い出す。

夫が亡くなる二日前、耐えがたき体調不良に、私は見舞いに行く事が出来ず、その代わりに、言葉では言い尽くせない事を手紙に書き記して速達で出した。統一選挙が行われた影響で、翌朝、私が病院に着いた時には、まだその手紙は夫の許には届いていなかった。

夫は、日頃の性格から信じられないくらい、何度も郵便局への催促を婦長さんに頼んだ。

私には、それ程早く「死」が近づいているのを、察知する事は出来なかったが、夫には、目前に迫っているのを確実に悟っていたからの行為であった。その証に、その頃の夫は、自分の手と私の手の色を度々見比べている。

婦長さんが、少しも面倒がらずに催促の電話を入れられたのも、同じ理由からと私が気付いたのは、随分と後である。

やっと届いた手紙を、専任でつけられていた若いナースに読んでもらう事にしたが、すぐに声を詰まらせてしまった。

夫に促され、替わって私は懸命に読んだ。


パパ。昨日はごめんなさい。

今は、朝の五時半。少し眠れたのか四時半に目が覚めると、昨日の事が思い出され「パパごめんなさい」と言いながら声をあげて泣きました。

あんなに痛がる貴方に、どうしてもっと優しくしてあげられなかったのか、その自分が堪らなく憎い！　貴方の病気が憎い！

誰の胸に縋る事も出来ないで泣いている私は、今とても孤独です。

四十三年間、貴方と共に歩んだ日々。楽しい時も、苦しい時も、何時も二人で懸命に生きて来ましたよね。一つ一つ思い出しています。

六月の、最高に楽しかった秀《まさる》と三人のアメリカ旅行。そして思いがけず突然の貴方の発病。

何か辛い事があった時には「吉凶は糾える縄の如し」って、貴方は何時も言われていたけど、凶は後に来る吉への努力があればこそ耐えられるものです。

貴方の体が弱そうだとの両親の反対を押しての結婚三年後、結核に冒された貴方は、余命三年かと言われました。

その時、私は涙が出たかは覚えていません。二十六歳の私の若さは、両親から、離婚して帰って来いと言われた時も、決然として、貴方と共に生きてゆく決心が出来ました。

でも、あれから四十年たった今でも、貴方なしの人生等、考える事すら出来ません。

泣きながら、鼻をかみました。私は、力強くかめます。

昨夜、それが出来ないと言った貴方。

神様に、私の力を半分パパに与えて下さいと祈りながら力強く鼻をかみ、そして泣いています。

この四年間、貴方の先祖が治めた縁の地、日田に土地を求めてからの私は、幼い頃からのすべての夢を盛り込んだ設計図を画き、その通りの家も建ち、庭の構想・造成も出来ました。

そして、これから二人で花いっぱいの庭にしてゆける時が来たというのに……。日頃、あまり好まない魚料理を、珍しく二日続けて日田の簗場で鮎を食べたのが最後になるなんて、絶対に嫌です。

お願い！　もう一度元気になって、夜明に帰って来て下さい。雲仙のホテルから頂いて庭に植えた石蕗が黄色の花を沢山咲かせているのを見に帰って来て下さい。それまでの石蕗の葉や花に宿る露は悲しみの涙です。帰って来られた時は、私の嬉し涙が宿り溢れるでしょう。

貴方の好きな「第九の合唱」だって「苦しみを通して歓喜に到れ」と言っています。

二人して、夜明の家で、庭で、思いっきり笑える日が来る事を信じたいのです。

四十五年前、貴方と会えた事、神様に心から感謝しています。その数倍の感謝が捧げられるよう、パパを元気にして下さいと、神様にお願いしました。

心から、二十四時間夢の中までも祈っています。

パパへ

ママより　十月十七日　朝七時半

五年間、一度も読み返す事のなかった手紙は、生々しい感情をリピートさせる。

直筆の手紙は柩の中に入れた。

残されたこのコピーも、晴天の朝、庭で焼こう。

それでも、読み終えて顔が上げられなかった私。

ベッドに座して、黙って聞いていたパパ。

傍に立っていた若いナース。

三人三様の沈黙の姿は、私の中から消え去る事はないだろう。

その日、昼過ぎに息子が来ると、私達は、主治医と治療スタッフの揃う部屋に呼ばれた。

「気の毒で見ておれない。挿管しましょう」

私は、息子に尋ねた。

「挿管って、どうするの？」

息子は、一瞬の間を置いて答えた。

「それをしたら、もう話は出来なくなるよ」

「では、挿管は止めて下さい。あんなに話したがっているのですから、私は最後まで聞いてあげたいのです」

挿管――即ちそれの意味するものは「永遠の別れ」と知った私は〈夫の決定的瞬間を私が決められる訳はない。決めなければ絶対に『死』に到らない〉私には、そう思い込む事で夫の生命が守られるとしか、考えようがなかった。

「ではその方針で協力しましょう」

必死の面持ちで頼む私の言葉に押されたのか、強い説得が繰り返される事なく、それ以後もスタッフは、時折り夫自らが依頼する処置を含めて、弛まない努力を重ねていった。

ベッドに座したままの夫は、決してその姿勢を変える事なく夜を迎え、そして朝を迎えた。

当分は、帰宅しない決意でいた私も、夫の話しかけに応ずる為に、ベッドサイドの椅子で夜を明かした。〈三十分でもいいから眠らせて！〉話しかけられる度に起き上がるその辛さを絶つには、眠ろうとしない事だった。

体には幾本もの管が繋がれている夫もまた、決して寝ようとはしなかった。

「雲仙は、よかったなー」

「暮れには、また行くのでしょう」

返したのは、弱々しい笑顔だった。

ポツリポツリながらも眠る事なく話していたのが何であったか、今はこの一言だけが鮮明に思い出される。

〈迫り来る死を、望まないまでも観念した夫の胸の中には、恐らく走馬灯の如くさまざまな去来が、三十数年もの間、自分の誕生日の正月、八月の盆休みの私の誕生日を過ごした「雲仙」の風景がプレイバックして流されていたのだろう。一つ一つの思い出を、いとおしんでいたのであろう〉

最高血圧二四四、最低血圧一〇五、不眠・欠食の私ながら、緊張感を持っている時には眩暈すら起こさないもの。とは、今にして思える事だが、夫の不眠・欠食は私を上回り、更に呼吸困難、痛みを耐えながら語り続けた気力は、超人としか言いようはない。

臨終前の儀式――末期の水。夫がそう思うのがとても恐かった。私自身も、そのイメージが恐ろしかったが、話し続ける言葉が聞きとりづらくなってきた時、口の渇きを潤そうと、スティックの先の綿を水に浸して夫の口に含ませた。夫は無心に吸いついた。もう、私がしてあげられる事は、これしか残されていない。

正午近く、前日と同じく主治医に呼ばれた私は、夫への処置を促された。

「これ以上引き延ばすと吐血して苦しむから、もう、楽にしてあげましょう」

あれから一昼夜。言葉を失うばかりか、「生」そのものすら絶つ事へとつながる措置も〈これ以上、苦しませては……〉その思いを優先させざるを得なかった。

「分かりました」

決意した私は、短い言葉を残し夫の許へ戻ると、気を取り直し強いて明るく声をかけた。

「パパ、ちょっと寝ましょうか」

前日から横にもならずにベッド上に座り続け、痛みと呼吸困難の中にも笑顔を絶やす事なく思い出話を続けていた夫は、既にチアノーゼを起こしている手を見つめながら呟いた。

「寝たら死ぬんだよなあ。でも、もうきついなー。短い命だったな。夢のようだ」

憔悴した顔とはいえ、その表情は何時もと変わらぬ穏やかなものだった。

「短い命・夢のよう」の言葉は、よもや四十日の病床とは夢にも思わなかったのであろう。

医者として、死期を覚る何と残酷な瞬間。

〈あ！　それで前日から一睡もせずに、最後の力を振り絞って語り続けていたのだ。否、私のいない前々日からかも知れない〉

愕然とする私に、夫は言った。

「手帳とボールペンを」

すぐさま手に持たせたものの、時、既に遅く、ナースが点滴へ薬を注入してゆく。

夫は、ティッシュを一枚取り出して二つに折る。暫くは何をしようとしていたかを
迷う仕種を見せたが、やっと手帳へ一字書きかけただけで力尽き果て、目覚めのない

眠りに入った。

傍で、黙したまま立ち尽くしていた息子が、父親の身体をそっと抱えてベッドに寝かせた。

定められた命運に逆らう事も出来ない諦めの境地、凍てる涙腺。

〈軽い寝息が僅かに唇を震わせる。この唇を私の唇に触れさせたあの日。野火止・平林寺に程近い松林に囲まれたあの場処。彼には特に思い出深い地。中学生時、週一度の合宿で全人教育を受けた「体育園」。何故か忍ぶ由無《よしな》く静まる広い敷地。志木駅から楽し気に歩く若い二人が甦る。あの時、予感が野の花で唇を隠させた私。彼は黙ってその花を外した〉

ふと、傍らの花籠から紅薔薇を摘み、銜え、そして外し、夫の唇に触れさせた。

モニターの示す血圧が八〇をきる。

〈そう、そう、別荘でのお昼寝だった。もう起こさなくては……〉

「パパ！　お昼寝おしまいよ。起きて下さいよ！」

声は届いた。血圧反応——九八。

二度、三度、呼びかける度に上昇・下降を繰り返したが、六〇をきると後は早かった。

午後五時十分。

「お願い、私を一人にしないで！」

悲痛の声に答えは返らず、七十六年の生涯に七十二日を残して、夫は幕を下ろした。


人事を尽くした息子には、恐らく後悔はないだろう。四ヶ月前の六月には、息子が所属するポートランドの研究所を訪れた私達の為に休暇をとり、生涯で最高に楽しい八日間を過ごさせてくれた。その思いを胸に、二年の留学を終えて帰国した日の父親の入院。二ヶ月後にはワシントンＤＣでの国際医学会に於いて研究発表をする多忙の

シアトルにあるリンダルシーダーホームズ社の前で、夫と息子と３人で記念撮影（夫が亡くなる４ヶ月前）。中央が著者。

中でも毎日のように父親を見舞い、私を力づけてくれた。

日田の菩提寺「大超寺」での密葬。二十日後の北九州市での告別式。すべて滞りなくやり終えた五日後に、息子は米国へ向け旅立った。

私の心に潜む諸々の罪の炭疽菌が、堅い殻を破って暴れ出した時の特効薬「抗生物質」は、夫が残していてくれた。私の失った予知能力は、別荘建築の時期を夫が決意した時点で彼に乗り移っていたのだ。

あれから一年余りも経た時、仏壇の傍らに、ひっそりと置かれていた赤いサイコロ型のラジカセに、テープが入っているのに気づいた。夫が病院でコメント書きをしている時、そして入院後は、イヤホンで好きなクラシック音楽を聴いていたものである。〈最後に聴いていた曲は？〉タイムスリップする思いで音を流した。

A面…マーラー『交響曲第一番』

初演では『巨人』と名づけられたこの曲は、「果てしない春」「花の章」「満帆に風を受けて」「座礁・狩人の野辺送り」「地獄より天国へ、深く傷ついたものの絶望から突然の爆発」等と、各楽章に表題がつけられている。

胎動を感じさせられるような神秘的な曲の始まりは、幼児の歩みへと変じ、そして次第に溢れるようなロマンティシズムに。夢と憧れ、苦悩と叫びへと、ドラマティックに展開し歌い上げてゆく。また、時に爆発的、時に劇的に変化するサウンド、これは正しく夫の人生そのものだと、鳥肌立つ思いで聴き入った。

彼が、四十日間の闘病中、最初は再起を信念としていたが、急変し、刻々と近づく死と対峙しつつも、穏やかな微笑を絶やさずにどのような気持ちでこの曲に耳を傾けていたのか、今は知る由もない。しかし、私には彼が最後に書き得なかった事、語り尽くせなかった事を、この曲に託して伝えようとしているように聴こえてならない。

B面…ベートーヴェン『ピアノ協奏曲第五番』

この曲の第一楽章冒頭のピアノカデンツァから終楽章の終わりで最後の力を振り絞るようなピアノ、それを受ける管弦楽の締め括りまでの力強い曲想で、病に猛然と立ち向かう気力を掻き立てていたに違いない。

時を経て、心の炭疽菌が殻を破って暴れると、私は、有効期限のない特効薬として、このテープに耳を傾ける。今は亡き夫が、人間としての王道を歩もうと努力し続けた生き様としての語りかけ、また、私が追憶の念に囚われる事なく「新しい人生を切り開け」と、励ましてくれているように思えてならない。

フィナーレを飾るカーテンコールが始まった。

ジャングルで暮らすシンバ王子は、ガールフレンドのナラ、呪術師のラフィキ、父王ムファサ霊の励ましで奮い立った。

王位を乗っ取った叔父スカーの悪政と、王国の荒廃を聞かされたシンバは、取るべき立場を自覚し、スカーを倒してついに、出演パペット総出で囲むプライドロックの上で、新王の名乗りを挙げた。

二度、三度と続くカーテンコールで、ハッピーエンドの華やかな余韻を楽しみたかったが、私のハッピーは、まだ幕間に過ぎず次がある。大急ぎでエレベーターに向かった。

〈五年前のエレベーターは、アンラッキーの序曲だった〉その思いが頭の片隅をよぎったが、日頃の殻から抜け出し、せめて晩夏の「つくつくぼうし」気分になろうとしている私である。「サークル・オブ・ライフ」のメロディで吹き飛ばしながら先を急いだ。

五日前の日曜日、前日に少しばかり悪たれをついて帰って行った息子から電話があった。


「七日はN・Oに泊まるそうだが、もう予約を入れたの？」

「まだだけど、明日にでも入れるつもりよ」

「丁度よかった。『ライオンキング』のシティ劇場はグランド・ハイアットと同じキャナルシティの中にあるから、その方が便利だよ」

「キャナルシティの中？　あそこの駐車場は、一人で運転して行くのは難しいから、道の分かりやすいN・Oに泊まってタクシーで往復しようと思っているのよ」

「それは時間の無駄だよ。雨が降っても濡れずに渡れる便利さがあるし、ホテルN・Oと比べても新しいから部屋も綺麗だよ。レディハイアットの宿泊プランを、インターネットで調べたのをFAXで送るから、是非ともそれを勧めるね」

すぐに気乗りがしないままに即答を避け、礼だけを述べると電話をきった。

最近、私が友人と三人で食事をする時に、ホテルN・Oを選んでいる事を知った息子は、前週の日曜日には、そこで私の誕生祝いをしてくれたのに、まさかの反対だった。ともあれFAXが置かれた部屋へ移ってみると、既に用意していたのか、もう幾枚かが送信されていた。

LADY　HYATT

陽光が降り注ぐ室内プールでリフレッシュしたり、お気に入りの映画に感動した後は、午後のテラスでティータイム。夜、くつろぎのバスタイムの後は森の香りが心地よい「オリジンズ」のスキンケアセットでお肌のお手入れを。心からリラックスできるプランです。

〈フゥーン。気が擽られるなぁーこの文句〉

グランド・ハイアット・福岡の「ゲストルーム」。曲線を描く和風ガラス障子を通す柔かな光が和ませる。

ゲストルーム
〈一人だから一万七千円だな〉
特典
○お食事は一階ヨーロピアンレストラン「アロマーズ」にて下記の中からいずれか一つお選びいただけます。
〈エェーどれどれ〉
アメリカンブレックファースト
ランチビュッフェ
イングリッシュアフタヌーンティー
○フィットネスクラブ「クラブオリンパス」のご利用券一枚
○「オリジンズ」のトータルスキンケ

アセットをプレゼント
○ホテル内店舗二〇%オフご優待券プレゼント
○AMCキャナルシティ13の映画鑑賞券一枚プレゼント

FAXは続いて上映中十三のタイトル・時間・製作者・脚本・出演者。

〈マァー、何とご丁寧に粗筋までも知らせてくれたわ〉

『ライオンキング』を観る前後の時間を、どう楽しむかの計画が全く出来ていなかった私は、FAXに目を通しながら直ぐさまそれぞれのプランをイメージで決めていった。

決めると行動に移すのは早い。早速ホテルへ電話を入れ当日の予約をした。ついでに、ホテルの駐車場入口が分かる地図のFAX送信を依頼した。

日頃は、一度痛めた脚を庇ってゆっくりと歩く習性も何処へやら、今日の「つくつくぼうし」は青春時代に戻った気分で足取りまで軽い。エレベーターで一階まで降りると、左目でキャナルシティオーパ、右目でキャナル（運河）を視野に入れながらカップルの若者達で込み合う回廊を急ぐ。

時計は、九時四十五分。あと十五分もすれば、キャナルの中にあるスターコートからシーコートまでのバナーシンフォニー（噴水）が壮大な美しさを見せてくれるが、予約の時に聞いていた終演時間より一時間近くも遅かった事で、躊躇する事なく足を運ぶ。

普段は庭の一巡すらしない私にとって、こんなに歩くのは何年ぶりだろう。急ぎ足に合わせるように、頭の中では、午後一時にホテルへ着いてからの信じられないような行動軌道を復習《さら》っていった。

晩夏に青春を誇示しようと、どう足掻いてみたとて、「つくつくぼうし」の鳴き声は一抹の哀愁を漂わすものでしかない。しかし折角のチャンスを、いきあたりばったりの行動をするのでなく、最後に残された、手軽で、しかも存分にリクリエーション出来る方法を確立してみようと思った私は、綿密に立てた計画を実行に移していった。

フロントで対応した女性が、一見《いちげん》の私に、常連客の親しみを込める笑顔につられ、特典の映画チケットを示された時には『A・I』と『千と千尋の神隠し』どちらを観るかを迷っている相談を持ちかけた。

両方とも観たと言われるその方は、掻い摘んで両方の粗筋を話してくれた。実に興味をそそる話しぶりにつられて、つい結末まで聞きたがった私に「それは、観る時のお楽しみにとっておきましょう」とは、心憎い。

ベルガールに案内されたゲストルームに入るなり、私の心は更なる華やぎにときめいた。開け放された化粧室は、我が家と同様、使用する時に閉める形式をとっている。

バスタブの側面から続くカーブした大きな鏡、独立したシャワーボックス、それらに使用する器具を、機能重視に止どまらず、優美さを追求する拘りに、私はこのホテルが外資系である事が推測された。

助手席に、夫のいないドライブ旅行は侘しさを募らせるに過ぎず、美しい自然環境で毎日を過ごす私には、温泉宿を求める趣味もなく、さりとて、外国旅行の準備に疲れ果て、あの世へ旅立った友人の事を思い出すと、通常のホテル利用概念から離脱した一人暮らしのシルバーウーマンの私には、理想的なホテルに思えてきた。

ベッドルームに立つと、バスルームとの境界は、ラバトリーの鏡と同じく曲線を画き、その和風ガラス障子は、柔らかな光を通してゲストの私の心を和ませてくれる。ベッドも、国産のダブルベッドより一回り大きい事から輸入物であろうと思うと同時に、夫との最後の旅行となった米国で、息子が案内してくれたベッドマートがプレイバックされた。

日本では、家具売場の一画に展示されているベッドだが、それの使用人口が殆んどを占める米国である。ビッグフロアに何百台ものベッドだけを展示されているのには驚いた。やっとの思いで、キングサイズを三台選んで送ってもらったのを使用している私には、ホテルのそれを見ただけで、初めて泊まる部屋とは思えぬ寛ぎを覚えた。

壁際に造りつけられたデスクの上には、アレンジメントされた生花が飾られている。ここまでのサービスはなかったはずと、いぶかしく思いながら、ワイヤーのスタンドに挟まれた封筒からカードを取り出してみた。

Ｅｎｊｏｙ　石松　秀

横書きされた息子の直筆であった。

私達の、結婚記念日に、ホテル日航の部屋をとってディナーに招待してくれる時も、そのテーブルには、必ず特注の生花を贈ってくれていた事を明確に思い出させてくれた。ときどき悪たれをつくにしては心憎いまでの演出をして、つい、ホロリとさせてくれる息子である。

勧めてくれたホテルへ、予約を入れた知らせをした時には、更に思いもかけない事を、いとも気軽な調子で言ってのけた。

「七日は、若松の病院の帰りに、ホテルへは七時頃に着くから夕食を一緒にしよう」

一旦はまると、事をおろそかにしない私の性格を知る息子は、それに協力をしようというのだろう。取りあえず、初めてのホテルでの如何にも侘し気な一人でのディナーを逃れた私は、計画通りに先ずは昼食をと、一階の「アロマーズ」に下りて行った。

日頃の食事は、昼食に重きを置いているにしても、一人では一汁数菜がよいところだが、ビュッフェスタイルになったランチメニューは、和洋中華の、スープ・前菜・主菜・主食・デザートと、多分数十種類は下らないだろうと思われた。どう頑張ってみても、全部の味を試す事は難しい。目で楽しみながら選択しようと、席も定めずにゆっくりと一品ずつ眺めながら一巡した。

ランチタイム二時半に余すところ一時間をきっているフロアは、珍しく人影は疎らであった。気に入ったものがない為の行動と見えたのか、フロアマネージャーが、取り皿を持って今日の特別メニューを紹介する心遣いをする。後は、借りきっているような優雅な気分のランチを楽しんだ。

劇場開演六時半までの四時間は、フィットネスクラブの見学をする事にした。四階の受付に行くと、ロッカーに案内され、施設利用に必要なウェアすべてを貸して下さると言う。

陽光降り注ぐ室内プールでリフレッシュ。〈これは、結婚当時の身長一六七・五センチが、二センチマイナスになったのは許せるとして、体重四六キログラム、ウエスト五五センチに戻った時に利用する事にしよう。と、いう事は残念ながら私は未来永劫このプールで泳げないぞ――〉

夫の存命中に、息子から「出会った時の体型を維持し続けないのは詐欺だよ」この痛烈な言葉は、何時も耳に残っているのを感じている。

そして開き直って言い返した私の言葉も、忘れてはいない。

「浮気をしないパパにとって、肉感的女性を新しく得られたと思えばいいのよ」

ストレッチ体操は、ランチで取り過ぎたカロリー消費の一助になればと、トレーニングウェアに着替えて個人指導を受けた。これなら家でも出来るとばかりに、ポスターに図解されているのを写真に収めたが――。〈多分しないだろう〉ジムにある沢山の器具は、コーチに試してもらっただけ。でも、あくまでも自分がしているつもりでしっかり見て楽しんだ。

広く美しい形のジャグジーも、見るだけのつもりで眺めていたのだが、丁度来られた係の女性に、バスローブ・バスタオルを手渡されて勧められ、ついに、勇気を出して利用した。誰もいない広いジャグジーでは、無心になれる事を悟った。

〈これはいい。我が家の二階にあるジャグジーは、夫が利用しなくなった後の私には、単なる美しいオブジェでしかなくなったなー〉

ついでに洗髪。湯上がりにマッサージ機にかかりながら時計を見たら五時半を回り、『ライオンキング』の開演時間が迫っていた。

急ぎ足は衰える事なく七〇二号室のドアをノックさせてくれた。

「待ちながかったでしょう。フロントに部屋で待つようにお願いしていたけど、終演が、こんな時間になるとは思わなかったわ」

「I夫人から電話があったので『母がお世話になっています』と、お礼を言っておいたよ」

「二、三日前に、思いがけないプレゼントを持って訪ねて下さったので、お礼の葉書に今日の事と、何時かご一緒しましょうと書き添えたのよ。電話口に、いきなり男の声は吃驚されたでしょうね。まさかのデートってね」

その瞬間の、当惑した彼女の様子を思い浮かべた私は、声を立てて笑った。

「オーダーストップになるからメインダイニングの『チャイナ』に予約を入れておいたけど、それでいいかな」

ホテルに入ってからの今日の計画は、時間いっぱいを精力的にこなしてきたものの、ディナーだけは相手まかせのつもりでいた。が、デスクの上にあったレストラン案内で研究だけは怠らなかった。

メインダイニング「チャイナ」の店内。飲茶の美味しさも格別！

深まる秋に彩りをそえて。
五感で味わうこの季節ならではの素材を、スタイリッシュなメニューに仕上げました。つややかな琥珀色の光の中、旬のおいしさ薫る実りの秋を心ゆくまでお楽しみください。

香港編
香港風バーベキュー前菜の盛り合わせ
フカヒレ姿煮スープ　蟹卵添え
伊勢エビと筍の炒め物
牛フィレ肉とニンニクの炒め

鮑と白身魚の蒸し物
特製チャーハン
冷製白玉団子

メニューのカラー写真が目に食欲を誘った。気持ちだけは常にダイエットを心がけているが、せめてもの実行は夕食を少量にする事だけで、納得させているのに、多分、これを選ぶかも知れない懸念と期待が交錯していた。

〈予想通りに息子は選んだ。そうすると、私がドン・ペリニョンを好んでいるのを知っているからには、食前酒には、それを頼むだろう。後は、招興酒か老酒に違いない。まぁいいか。折角の心遣い、折角の機会、遠慮なく頂戴して晩夏の宵を「オーシィッククックオイシィヨ」と、大いに楽しむ事にしよう〉私の心の呟きも華やぐ。

「綺麗な花、どうも有り難う。着替えはしないけど、ちょっと、髪だけ直すわ」

「よく、素直に言う事を聞いたね。最初の電話からして、信じられなかったよ」

キャナルシティを耳にしただけで、駐車場での悪夢が思い出されるのを息子はご存知ない。贈られた花と、メッセージカードの「Ｅｎｊｏｙ」の文字に柔らかく目を走らせてラバトリーに入った。

大鏡の中に、疲れの片鱗もなく輝いている自分の顔を見た時、夫の声が聞こえた。

「貴女の傍にいると楽しい」

あれは、入院する数日前の事だった。朝の洗面をすませてラバトリーから全身弾むような感じで出て来た夫に、いきなりかけられた言葉であった。

あまりに突然だったので〈髭を剃りながら何を考えていたのだろう〉と、思いながらの笑顔を返しただけで朝食の仕度に余念がなかった私は、またも笑顔でしか答える事が出来ない。

今、鏡の中の私は、あの四十日間の悪夢から逃れ、邪念のない輝きを見せている。〈さあ！　一緒にディナーの席に着きましょう。貴方が、私を楽しませてくださったように秀がしますから見ていてくださいよ〉

鏡には映らなかったが、後ろに立っている夫は、何時ものような笑顔で囁いた。
「今日の、ラストエンジョイだね」

完

あとがき

白露の候。日田の郷の早朝は如実に秋の気配を感じさせてくれます。間近に見える筈の五条殿等の連山を、その山裾を流れる三隅川から立ち上る靄の白いベールが覆い隠し、庭の草木は夜半に吸い上げた余分の水分を葉先から滴り落とします。

折りしも「楽しみながら校正を」と、編集担当の方の温かい言葉がそえられた『うたかたを永遠《とわ》に』の初校が届きました。鬱積する心痛はそれを話す事、書く事に依って癒されると言われていますが、この原稿こそ癒しの一助であった事を今更ながら痛感しました。

川面に蓄えられた前日の輻射熱は明け方の放射冷却が水蒸気にして放出し、草木も又、過剰な水分を排出しなければそれぞれのバランスを崩し、延いては自然界にも計り知れない異変を生じさせるでしょう。私は、心痛を「書いて」放出する行為で生きる気力をかきたて、鬱病はおろか安易な死を念じる日々から脱却し得たと思います。

思い返せば日田に移り住んで二年余りというものは、逝きし人を悼む嘆きの大波小波を乗り越える為、時に応じて若い時に趣味として楽しんだものを次々と復活させて対処していました。それでも、生きている以上平穏無事は望むべきもないのが世の常です。シャンソンの大村禮子さんがテープに入れ、楽譜と共に送って下さった中から「誰もいない海」「枯れ木の上に」「谷間に三つの鐘がなる」など、眠れないベッドに座して、歌っては泣く暗い夜から逃れる術に選んだのが、テレビで知った「NHK九州ラジオドラマシナリオ」への応募で、これが書く事への初挑戦でした。その後、地元の同人誌『日田文学』への五作品で思いを吐露して迷走する心を一応治める事が出来たのです。

今年の五月に流感を患い心身共に最悪の状態に陥ったときは、遂に至難の業と敬遠し続けていたパソコンに挑戦する事を決意しました。

七月中旬、我が家に設置されたパソコンでは、日田市が行なう「IT講座」で学んだ技を酷使（?）して孫の為にアンパンマンの絵本を作り、講師や友人とメールを交わし、住所録を整理し、気が向けば朝な夕なに国内はおろか海外までも生き生きと見聞を広げている毎日です。日が昇れば霧散し、葉も活発な光合成をするように「困難にめげず至難の業にも臆せず立ち向かう」この努力こそが心に太陽を持てる源と実感しています。

今後、百歳の長寿を保てたとしても奥深く、そして生きた心を持っているかのようなパソコンは、生涯の伴侶として私を労わり知識を広げさせてくれる事でしょう。

クラークは「少年よ大志を抱け」と言いました。今、私は自分に言い聞かせています「老人よ大志を抱け！」と。

二〇〇三年九月、中天に唯一つ火星が輝く夜に

石松登美子

著者プロフィール

石松 登美子（いしまつ とみこ）

1930年（昭和5年）、台南市生まれ。

台南第一高等女学校入学。都立武蔵高等女学校卒業。

草月会指導者連盟顧問。元草月会福岡第三支部長。雅号＝葉里（ようり）。

元西日本華道連盟理事。

元北九州いけばな協会常任理事。

『日田文学』42～46号に「命名」「私の日田の郷」「日田の郷つれづれ草」「うたかたを永遠に」「Enjoy」の5作品を発表。

大村 禮子（シャンソン）後援会委員。

うたかたを永遠《とわ》に

2003年12月15日　初版第1刷発行

著　者　石松 登美子
発行者　瓜谷 綱延
発行所　株式会社文芸社
〒160-0022 東京都新宿区新宿1－10－1
電話 03-5369-3060（編集）
03-5369-2299（販売）

印刷所　株式会社エーヴィスシステムズ

ISBN4-8355-6733-1 C0093
日本音楽著作権協会（出）許諾第0312661-301号